温暖一生的亲情故事

胡罡 主编

黄河出版传媒集团
阳光出版社

图书在版编目（CIP）数据

温暖一生的亲情故事 / 胡罡主编 .—— 银川：阳光
出版社 ,2016.6
（校园故事会）
ISBN 978-7-5525-2662-2

Ⅰ.①温…Ⅱ.①胡…Ⅲ.①故事 – 作品集 – 中国
Ⅳ.① I247.8

中国版本图书馆 CIP 数据核字 (2016) 第 143377 号

校园故事会　温暖一生的亲情故事　　　　胡罡　主编

责任编辑　金小燕
封面设计　华文书海
责任印制　岳建宁

黄河出版传媒集团
阳　光　出　版　社　出版发行

出 版 人　王杨宝
地　　址　宁夏银川市北京东路139号出版大厦 （750001）
网　　址　http://www.yrpubm.com
网上书店　http://www.hh-book.com
电子信箱　yangguang@yrpubm.com
邮购电话　0951-5047283
经　　销　全国新华书店
印刷装订　三河市京兰印务有限公司
印刷委托书号　（宁）0001534

开　　本　710mm×1000mm　1/16
印　　张　7
字　　数　84千字
版　　次　2016年9月第1版
印　　次　2016年9月第1次印刷
书　　号　ISBN 978-7-5525-2662-2/I·698
定　　价　14.80元

前　言

我们在故事的摇篮里长大,故事就像一个最最忠实的好朋友,时时刻刻陪伴在我们身边。它把勇敢和智慧传递给我们,也把快乐、爱与美注入我们的心田。

《校园故事会》系列所选用的故事内容丰富、主人公形象生动活泼,而其寓意也非常深刻,会让你在愉快的阅读中了解到什么是美,什么是丑,什么是善,什么是恶,什么是直,什么是曲。我们相信,这些故事一定会使广大学生受益匪浅。真诚地希望本系列丛书能成为家长教育孩子的好助手,学生成长的好伙伴!

本系列丛书内容包括亲情、哲理、处世、智慧等故事,会使你在阅读中收获真知与感动,在品味中得到启迪与智慧。可以说,它们是父母送给孩子的心灵鸡汤,自己送给自己的最好礼物,同学送给同学的智慧锦囊,老师送给学生的精神读本。

总而言之,这是一套值得您精读,值得您收藏,更值得您向他人推荐的好书。因为课本上的道理是一条条教给您的,而这套书中的"故事"所蕴含的大道理、大智慧是要您自己揣摩的。

本系列图书在编写过程中不免会有瑕疵,望广大读者批评指正,我们会虚心改正。

编　者

目　录

无字的明信片

算起来，父亲去世已经有好些年了。

父亲生前是最爱动笔耕耘的。

还记得那年，我被某所女子学校录取，头一次与父母异地分居的情景。那时候，常常未满三天我便接到一封信，都是当时任某保险公司分社社长的父亲写的。信封上总是排列着几个工工整整、一丝不苟的大字——"向田邦子阁下"。初次见到时，当真令我手足无措。当然，父亲给自己的女儿写信时，用"阁下"这个字眼的，本不是什么值得大惊小怪的事，但是对我来说，仿佛就在四五天前，父亲还在"喂！邦子！"这样的大叫大嚷，再不就是挥舞着拳头毫不客气地招呼在我们身上。但今天却突然变得如此郑重，这天壤之别真是让我既感到光彩又难为情。

信的正文总是从彬彬有礼的日常寒暄开始。其后再转到什么在东京新购的房子摆设如何啦，庭院里又新栽植了哪些花木啦，诸如此类的家常话。而且在行文之中，父亲直接把我改称为"您"。

"以您目前的学习来看，最难的应该是汉字吧。但是，既然选择了这一科，就请努力吧。时而翻阅一下字典也不失为一个好方法啊。"末

1

温暖一生的亲情故事

尾也一定会加上这样的叮咛或勉励。

每当这个时候，平日里只穿着一条内裤在屋子里来回乱晃、酗酒严重、不知怜惜地追打妻儿的父亲的影子，在我心里早就飞到九霄云外去了，取而代之的是一个充满父爱与尊严、毫无瑕疵的父亲的形象高高耸立。被公认是暴君，但也十分爱面子的父亲，用如此温文尔雅的笔触给自己的女儿写信，或许，只有在信里，才能告诉我一个平日里不苟言笑、羞于矫揉造作、但却充满舐犊之情及鲜为人知的真实父亲吧。

有时也会有一天来两三封信的情况。结果，异地求学结束时，父亲的信早已铺天盖地般淹没了我的宿舍。我把它们束扎起来，存了好长一段时间，但现在已不知放到哪儿去了。父亲64岁时与我们分手了。之后，那些信陪伴我走过了30多年的路途。每当展开信，读着字里行间跳跃着的亲情，总是会回想起父亲的音容笑貌。

这些饱含怀念与回忆的信札诚然是父亲的一部写真集，但是比这更令我难以忘怀的是父亲与三妹合写的无字明信片。

在战争结束那年，我家变成了汪洋大海，一家人勉强捡回性命。这样下去，一家人早晚都要送命。于是父亲决定把三妹送到甲府，名为转学，实为逃命。

三妹走之前的那晚，一家人围坐在昏暗的灯光下默默无语。母亲低头缝着为三妹赶制的衣服。用的是当时最昂贵的白布。父亲不知从哪儿弄来一大摞明信片，一个人趴在桌旁默默地写着什么。

"喏，走的时候带着这个。在那边若是健健康康地活着的话，就在这上面画一个圈，每天寄一张回来。家里的地址我已经全都写好了。"过了好一会儿，父亲才打破沉默，缓缓地说。三妹当时认字还不多，更谈不上写了。

于是翌日一早，三妹就上路了。随身行李除了一个饭盒，剩下的就是那个盛满了明信片的大背包。看着三妹瘦小的身影渐渐被朝阳吞没，想到下次的相会遥遥无期，我的心就一阵阵地揪痛。

一周后，第一封明信片寄来了。父亲一把抢了过去，只见上面用红铅笔画着一个大大的、很有气势的圈，仿佛都要溢到纸外了。末笔的附言是别人代写的："我在这儿受到当地妇女协会的热烈欢迎。食物有红薯饭和脆饼干，比在东京吃的南瓜蔓强多了。所以我画了一个很大的圈。"

可是第二天来的圈急剧缩小，仿佛是极不情愿画上去似的。再往后的日子里，圆圈越来越小，最终变成了一个叉号。这个时候，正巧住在与甲府不远的二妹决定去看望三妹。当时正坐在学校围墙下吃梅干的三妹，一见自己的姐姐来了，"噗"的一声吐出梅核，"哇"地哭了出来。

不久之后，带叉号的明信片没有了。第三个月，母亲去接三妹回家。据说当时母亲去的时候，正患严重咳嗽的三妹在一间不足 4 平方米的房间里呼呼大睡，头上生满了虱子。

三妹要回来的那天，我和弟弟把自家菜园种的南瓜全摘了下来。从两手抱不过来的大南瓜到手掌可容的小南瓜。以往见到我们摘下不熟的瓜就会大发雷霆的父亲，那天竟一个字也没说。我们把二十几个南瓜一字排在厅房，这是唯一可以让三妹高兴的事。

夜深了，一直趴在窗口张望的弟弟突然喊道："来了！回来了！"正端坐在茶房独自饮茶的父亲赤着脚奔了出去，一把把三妹抢到怀里，搂着她瘦削的肩膀哭得一塌糊涂。这是我第一次也是唯一一次见到

3

平素严肃而不苟言笑的父亲哭泣。

31 年后,父亲永远地离开了我们,此时三妹也到了当时父亲的年龄。但是,那些无字的明信片时常让我们回到过去。

真情家园

父亲的爱就像是这些无字的明信片一样,没有太多华丽的语言去表达。父爱是一种默默无闻,寓于无形之中的一种感情,只有用心的人才能体会。

儿嫌母丑

我的母亲是容貌丑陋的乡下女人，刚刚懵懵懂懂时，我就知道遮丑了。我不同母亲一块儿上街，喊在田里劳作的母亲回家时，我只是很快地跑到她的身边，低低地朝她喊一声，便飞快地、独自一人跑开了。别人家的小孩都让母亲拉着小手送到学校去。但我不，我拒绝接送。我知道，很多个夜晚下了晚自习，我一个人沿着漆黑的街巷走，身后那远远跟着我的黑影，那不紧不慢的一串脚步声，就是母亲。但我还是假装不知，我怕突然走到一盏路灯下，让别人窥见了我有一个丑不忍睹的母亲。因为丑，自惭形秽的母亲一向都是孤独和寂寞的。她不走亲串戚，不到人潮如流的集镇上去，她从不高声说话，总是一个人不声不响默默地忙碌在家务和田间地头之间。

母亲很爱看戏，但她很少到戏场去，就是仗着夜色去了，也是不声不响地远远坐在角落里，而且往往是去得最迟、走得最早的一个。她没有看过一场完整的戏，不是没听到开场的锣声，便是没有看到刹尾的好戏，回到家里就靠父亲那笨拙的口舌给她补完整一场戏。因此在镇上，母亲像是一个被人难以看到的幽灵，许多人都渐渐地把她淡忘了。临近大学毕业的那年夏天，我的女朋友小月固执地要同我去乡下见见我的家人，我百般阻挠无效，只好忐忑地硬着头皮领她回了乡下的老家。推开家的木门，母亲正坐在院子中搓洗衣服，见了我们回来，母亲慌手慌脚地站起来。女朋友见了母亲的模样，一时怔住了，我脸刷地红了，尴尬地撒谎说："这是我的大婶。"我看见母亲一愣，微微地一个哆嗦，但是，母亲什么也没有说，强装镇定地朝我们笑笑，便把我们迎进了屋里。那两天，小月一个劲儿地问我母亲，我左遮右拦，眼看就要现出马脚来，母亲忙帮我掩饰说："他妈走亲戚去了，要好多天才能回来，我是替他们家照看一段门户的。"母亲笑着说完就轻轻扭身出去了。我看见母亲在墙角偷偷地擦了一把眼泪。我在省城结了婚，只给家里草草写了一封信，母亲接信后，给我们汇来了1000元，汇款单的留言栏上留了几个黑点。我想这可能是我母亲欲言又止吧！1000元，虽然对于城里人不算什么，但对于一个只靠卖粮挣钱的乡下人来说已经接近天文数字了。

捧着那张汇款单我感到一种从未有过的沉重。母亲，虽然在留言栏上您没留一句话，但我已深深感到了您的祝福。妻子分娩前的一个月，一天，楼下的邻居转给我一个很重的包袱。他说是一个乡下妇女送来，托他转给我的。我忙问她送包袱的女人是什么模样，他比比划划地说了半天，并说了一句，很丑的一个老妇人。

他说，那个老妇人在楼下转了老半天，把包袱托给他，说是急着赶车，就匆匆走了。哦，那是母亲！

回到家里，我打开包袱，全是花花绿绿的童衣童帽，我再也控制不住自己放声痛哭了一场。我告诉妻子，那个我曾说是我大婶的女人，就是我母亲。她千里迢迢、风尘仆仆地搭车转车赶到这里来，为了儿子的颜面，竟临门而不入，留下她给儿子和未来孙子的满心慈爱，却连儿子的一口凉水也没有喝。妻子也哭了。妻子说,她其实早就知道那大婶就是我的母亲。

妻子说:"她一点也不丑,她比许多女人都美,她是我见过的最了不起的妈妈!"妻子让我一定回家把母亲接来,她说:"我们不仅要大大方方地喊她妈妈,还要陪她到大街走走。"哦,母亲!

走过我的母亲桥,漫长的岁月在祈祷,这边是风雨,那边是阳光,缕缕的白发飘呀飘。走过我的母亲桥,轻扬的微风在寻找。这边是牵挂,那边是欢笑,再多的梦想也嫌少。亲我爱我的母亲桥啊,流不尽的忘不了。永远永远的母亲桥啊,伴我一直走到老。

真情家园

母爱是博大的,那是一种与生俱来的情感;母爱是无私的,没有任何条件,不求任何回报;那是一种非凡的力量,能超越生命的极限。

做你的护花使者

我大学毕业那年,父亲60岁,退休在家。退休后的父亲出门过马路都爱要我来搀扶,更别说像以前一样在家里施行"中央集权",粗声大嗓地干涉我的恋爱了。

所以,当我在公司里被一个我不爱的男人死缠滥打地追,又被他在下班的路上围追堵截时,我再也没像以前那样,哭哭啼啼地向父亲告状。我只是使尽浑身解数,与那人周旋。

后来有一次,在家门口又被那个人拦住了。恰巧父亲走过来,也只是轻轻瞟了一眼那个紧抓着我胳膊不放的男人,便低头走了过去。看着那个对我的困难无能为力的瘦弱的背影,我便稀里哗啦地掉了眼泪。

那天晚饭的时候,父亲无意地提及在老年大学报名的事,又说正好回来与我乘同一辆公交车。我赶紧说,爸,那你在我们公司门口的站牌前等我,上车后我也好照应你。父亲没吱声,却在第二天中午,果真在站牌前等我。那个人跟我一块儿上了车,我担心他又会厚颜无耻地过来骚扰我,甚至急了对父亲也不客气,意外的是,他不仅一路安分,而且在中途便慌慌张张地下了车。

自此，我便成了父亲忠实的保镖，一边在后视镜里看那个贼心不死的男人，一边护着总爱坐我后位的父亲。两个月后，我在下班前被那男人截住，他没像以往一样威胁我，反而语气软弱，说以后你不用再麻烦你父亲来做护花使者了，既然没缘分，我不会再强求，哪天又被你父亲的手钳住了，非得断了手指不可。

这才明白，这两个多月，他与我父亲，竟是在我的眼皮底下，日日进行着一场无声的较量。

那日坐车，第一次偷偷地打量父亲。看他没了丰满血肉的大手，那么结实地环住我的椅背，眼睛警惕地看着四周，整个人像一触即发的箭，遇到一丁点儿的危险，都会不顾一切地扑过去灭掉，让他的女儿在他的保佑里，可以安然无恙。

那一刻终于明白，其实父亲还是像年轻时那样，威猛得足以做我一辈子的护花使者。

真情家园

父爱如山，不会因为岁月的流逝而褪色。父亲总是用他那结实的臂膀呵护着羽翼未丰的我们，而通常我们并没有意识到。

9

温暖一生的亲情故事

简 单 去 爱

深冬的一天,我在一个寂寥的车站等去学校的117路车。远远地,52路车驶了过来。车门打开,一些人下来,一些人上去,彼此行色匆匆,却没有谁多留意对方一眼。

从车上走下一个头发花白、拎着一只蛇皮袋的老人,一看就知是从农村来的。她径直向我所在的站牌走过来,然后用一种困惑的目光打量着面前的站牌。她似乎难以找到自己想要的答案,就把求助的目光投向我:"孩子,俺不识字,去省立医院俺该坐哪趟车?"

"52路,就是你刚才坐的那趟。"对乡下人到城里乘错车的现象我司空见惯,但还是忍不住问了句,"车上的售票员没有告诉你去省立医院该到哪里下吗?"

老人脸上绽开温情的笑容,"呵呵,俺刚才在车上看到一个小伙子没有座,老是那样站着俺心里怪不舒坦的,就给他让了座。""你真有意思,其实你根本不必给年轻人让座,再说,即使让座也没必要没到地方就下车啊!"我匪夷所思。

"孩子,你不知道,俺给让座的那个小伙子腿脚有毛病。都是妈妈的孩子,俺看他老是那样站着,心疼啊,"她笑了笑,"俺这么一大把年纪给他让座,他坐在旁边心里肯定不舒服的,所以俺就说到站了,就下了车。"

我一下子愣住了,呼啸的寒风吹进我张大的嘴里,我却感觉到心里一股暖流随风涌动。52路车终于摇摇晃晃地开过来了,我赶紧将她扶上车。就在扶她上车的刹那,我突然感觉到,我攥住的一只袖管竟然是空的!

原来一个陌生的关爱,可以来得这么简单,简单到仅仅是出自母亲的本能,像对待自己的孩子一样呵护别人的孩子;原来,一个母亲的呵护,可以来得这么高贵,高贵到在施爱的同时仍惺惺相惜地维护他的尊严。

11

真情家园

　　一个陌生的关爱,看似如此的简单,但却给了我们极大的震撼。母爱原来是如此的伟大,甚至于不惜牺牲自己而得到心灵的慰藉。

母亲的作业

驱车从千里之外的省城赶回老家。"我母亲得了什么病？严重吗？"他急切地问主治大夫。

大夫看看他说："胃癌晚期。老人的时间不多了……"

杨帆顿时泪如泉涌。

出了诊所，杨帆立即用手机通知副手，从今天起由他全权负责公司事务。杨帆要在母亲最后的日子里陪伴在母亲身边。

父亲早逝，为拉扯他们兄妹四个长大，母亲受尽了千辛万苦。母亲的腹痛是从两年前开始的，杨帆兄妹曾多次要带母亲到省城医院检查，每次母亲都说："不就是肚子痛吗，检查个啥，吃点药就好了，妈可没那么娇气！"母亲总是这样，生怕拖累儿女，生怕影响儿女们的工作。

杨帆开始守在母亲的病床边。母亲每天都要忍受病痛的折磨。杨帆想方设法转移母亲的注意力，减轻母亲的痛苦。他跟母亲聊天儿，给母亲讲一些有趣的事情，用单放机让母亲听戏……有一天，陪母亲闲聊时，母亲忽然笑道："你兄妹四个都读了大学，你妹妹还到美国读了博士。可妈连自己的名字都不认得，竟然也过了一辈子。想想真是好笑……"杨帆脑海里立刻跳出一个念头，就对母亲说："妈，我现在教你认字写字吧!"妈笑了:"教我认字?我都快进棺材的人了,还能学会?""你能,妈。认字写字很简单的。"

杨帆就找出一张报纸,教母亲认字……他手指着一则新闻标题上的一个字,读:"大。"母亲微笑着念:"大。"他手指着另一个字:"小。"母亲微笑着念:"小。"

病房里所有的人都向这一对母子投来了惊讶、羡慕和赞许的目光。隔了几天,杨帆还专门买了一个生字本,一支铅笔,手把手地教母亲写字。母亲写的字歪歪斜斜,可是看起来很祥和,很温馨。当然,母亲每天最多只能学会几个最简单的字。可是母亲饶有兴趣地让杨帆教她写他们兄妹四人的名字,写那几个字时,都是满脸灿烂的笑容,不像一个身染绝症的人了。

一个月后的一个深夜,母亲突然走了。那个深夜,杨帆太累了,趴在母亲的床边打了个盹儿,醒来时,母亲已悄然走了。

母亲是面带微笑走的。母亲靠在床边,左手拿着生字本,右手握着铅笔。泪眼朦胧的杨帆看到,母亲的生字本上歪歪斜斜地写着这样一些汉字:杨帆杨剑杨静杨玲爱你们。"爱"字前边,母亲涂了好几个黑疙瘩。

母亲最终没有学会写"我"字。

真情家园

母亲最终没有学会写"我"字,那是因为在她的心里根本就没有"我",她抛却了自己的一切,心里想的只有自己的儿子、女儿,还有付出自己伟大、无私的爱。

家

　　路上撞上一个陌生人。"真对不起!"我真心表达歉意。他说:"也请你原谅我……我竟没有留意你。"我们都客客气气,那位陌生人和我自己。然后我们道了声再见,各自离去。

　　但是回到家,我们却变了脸。想想我们是怎样对待我们的家人的,不管是小孩还是成人。那天晚上在厨房,我正在做饭,女儿蹑手蹑脚走过来,悄然站在我身后。我一转身,差点把她撞倒,"走开!"我皱着眉冲她大喊。她缓缓离去,有了心碎的体验,而我却没意识到我应为自己的呵斥汗颜。

14

　　那天夜里,我躺在床上尚未合眼,上帝轻柔的声音传到我耳边:"当你和陌生人打交道时,你镇静而有礼,但对你所爱的人,你却容易起急……马上到厨房地板上看一眼,你会看见一些鲜花在门边。那是她带给你的鲜花,是她自己采摘的——粉色的、黄色的,还有蓝色的。她静静地站在那里,不想破坏你的惊喜,你却没有看见她眼角噙着的泪滴。"

　　此时,我感到悲伤、渺小;此时,我已潸然泪下。我轻轻走进女儿的房间,跪在她的床边,"醒醒! 亲爱的,醒醒!"我轻声呼唤,"这是你采摘给我的鲜花？"

　　她露出笑颜："我发现了它们，在树下。我用纸巾将它们包起来，只是为送给你。我知道你会喜欢它们，特别是那蓝色的花。"我羞愧万分："抱歉，我傍晚没看见它们，我真不应该对你大声嚷嚷。"

　　她悄悄说道："妈妈，没关系……我依然爱你。"我拥抱她，对她说出心里话："我也爱你……我爱你送我的花，特别是那蓝色的花。"

　　你有没有想过：如果明天你离世而去，你供职的公司可以不用几天就找到人替代你。但是你撒手抛下的家人却要用余生感受失去你的悲伤。想想看，我们将身心更多地投入工作，而不是家——实在是本末倒置！

15

真情家园

　　家，一个多么温馨的名字。家，是我们休息的驿站，是我们停靠的港湾。用心地去珍惜吧，因为她将一生陪伴着我们。

温暖一生的亲情故事

每一个脚印都是你自己走的

6岁那年,他得了种怪病。肌肉萎缩,走路时两腿无力,常常跌倒,且每况愈下,直至行走越发困难。

他父母急坏了,带他走遍了全国各地有名的医院,请无数专家诊疗,甚至动过让他出国治疗的念头。每一家医院的结果都一样——重症肌无力。专家说,目前此病只能依靠药物并辅以营养搭配与身体锻炼来调节。他的生活从此变得不同于常人。

上小学了,他开始了自己的苦恼。他家离学校很近,正常孩子十多分钟便能走完的路程,他却要花费几倍的时间才能到达。

9岁那年的冬天,一个下午,天气骤变,随后便雪花飞舞。到放学时,路上已是厚厚的一层雪。

很多家长赶到学校来接孩子。他想自己腿脚不方便,雪又这么大,爸妈一定会来接的。他站在校门口,等着。直到孩子都被家长接走了,也未见到自己的父母。他的焦急变成了伤心。爸爸妈妈为什么不疼爱我?工作再忙也得想到我呀?他的泪在脸上蜿蜒。终于,他吸了一口气,咬咬牙,迎着暮色,踏上返家的路。这一段路途走得实在艰难。不知摔了多少跟头,也不知走了多长时间。委屈、恐慌、愤怒交织在一起。他想等到了家里,父母不管说什么理由他也不理会他们。此时,他恨极了父母。

终于,他蹒跚到了家门口。让他没想到的是,眼含热泪的爸爸急急地跑过来为他开了门。随后,他那掩面痛哭的妈妈一下子扑上来,紧紧地、紧紧地抱住了他。一家三口哭成一团。许久,哭红眼睛的妈妈无比怜爱地摸着他的头,对他说:"孩子,你回头看一看,那路上的每一个脚印都是你自己走的。今天,爸爸妈妈真为你感到骄傲与自豪!在你以后的生活中,肯定会遇到许许多多的困难。如果都能像今天这样顽强地走过来,那你将永远是爸妈心中最有出息的孩子,是最棒的男子汉。"

他是我的学生,告诉我这件事的时候,他已是个 14 岁的少年,须借助拐杖才能走路,但他很乐观。他说,永远忘不了那个冬夜傍晚的一幕,牢牢记得妈妈跟他讲的话"每一个脚印都是你自己走的"。是这句话,让他在后来乃至将来的生活中树立起强大的信心,让他敢于面对一切困难。他说这些话的时候,坚毅的目光透着同龄孩子少有的刚强。

是的,每一个脚印都是你自己走的。人生的旅途中,父母只能陪伴你一程,更多的艰难险阻须自己去克服。而一个人所拥有的信念与决心是支撑你的人生,清除你前进路上每一处荆棘、坎坷的最强有力的法宝。

真情家园

父母对子女的爱,并不都是轰轰烈烈,有时它就隐藏在某一个细微之处,需要你用一生来品读,用一生去求证。

17

温暖一生的亲情故事

乡下没有母亲节

　　母亲节那天,在商场里转了几圈,姐妹们都为自己的妈妈找到了心仪的礼物,只有我,仍傻傻地跟在人家背后,两手空空。"小蒋,你也给你妈妈买件礼物寄回去呀!"曹姐捧着一束美丽的康乃馨对我说。我望着她茫然地摇了摇头。

　　妈妈是个老实本分的农村妇女,打从我记事起她就没有空闲过,上山下田忙家务管孩子是她生活的全部内容。为了供我们上学,家里负债累累,妈妈省吃俭用,没有穿过一件新衣服,还要遭到别人的冷眼与嘲讽。记忆最深的是我们几姐妹同时上学的那些年,每到周末回家,总能看到妈妈眼里流露出的无奈与喜悦的目光。因为欠下的债越来越多,而且大多有借无还,妈妈再向人家借钱就很困难了。再后来,亲友们都疏远了妈妈。上门讨债的越来越多,说的话越来越难听。

　　人家气她有钱供我们读书而没钱还债。妈妈告诉他们:"你们不要着急,我借的钱都会还给你们的,我有四个小银行。"

　　二妹妹考上大学时邻居和亲友表面上来庆祝,私下里却说风凉话:"如今的大学有什么稀奇,只要有钱想到哪里读都可以。"

　　"读了有什么用,大学毕业又不包分配。"妈妈对二妹说:"管他分配不分配，只要自己发奋读书，准有出息的一天。"

在农村，一家只要有一个读书的，家里就被折腾得鸡飞狗跳，我们家姐妹四个，除了我之外，都念了大学，妈妈说欠了债也值。

如今，二妹已经考上了公务员，三妹也到深圳实习了，只有最小的妹妹还在读大二，但我们三个可以负担她的学杂费了。妈妈本来可以松一口气了，可她还是把每一分钱看得很重。逢年过节我们回家若给她买一点什么她就不高兴，责怪我们乱花钱。妈妈是个要强的人，她希望我们节省下每一分钱早点还掉家里欠下的债，让她那被沉重的债务压弯的腰杆早点挺直。妈妈说，给我买什么东西都等到还清债以后再说吧。

而一直到现在，我们都还没有还清债。因此，哪怕是她的生日她都不接受我们给她买的衣服。去年过年时，二妹给她买了一件180元的外套，怕她心疼故意骗她只花50元，没过多久她居然把衣服50元转手卖给别人。在城里，像妈妈这个年岁的人都在家休养身子了。每每看到大街上那些扭秧歌打腰鼓的妇女，我就忍不住在心中拿尺子丈量仍在田间地头辛勤劳作的妈妈跟她们的距离，就深切感悟到乡下母亲的不易。

还是给妈妈打个电话回去口头祝贺一下吧！我拿起电话按下了那个熟悉的号码。电话拨通之后我感觉嗓音有些发颤："妈妈，今天是母亲节，祝你节日快乐！"妈妈听我解释了半天才弄清这个节日的意义，她哈哈笑着说："城里人就是名堂多，什么母亲节呀，我们乡下可听都没听说过，反正哪一天我都是你们的母亲！只要你们快乐，我天天都快乐！"

眼泪如潮水般涌出我的眼眶。我在心里默默地为乡下劳碌的母亲祝福,也为天下所有没有母亲节的母亲祝福。

真情家园

温暖一生的亲情故事

　　"反正哪一天我都是你们的母亲!"多么令人感动的话语啊!母爱是不分时间地点的,母亲永远是在无私地付出自己的所有。对于我们来说,每天都应该是母亲节。

欠父亲一声"谢谢"

在动物园,看到两只猴子在荡秋千,儿子格外兴奋,站在猴山旁边的铁围栏外久久不愿离去。不知是谁突然扔出一瓶可乐,两只猴子立刻停下玩耍,拼命去争抢在地上滚动的可乐。儿子好像记起自己也口渴了,说:"爸爸,我口干,我要喝水。"

我一边应着:"好,我们一起去买。"一边拉着儿子准备离开猴山。儿子却仍旧抓牢栏杆:"不,爸爸,我还要看猴子。"父亲正站在我们旁边,对我说:"我去买,你在这儿陪逗逗吧。"看着父亲蹒跚离去,我喊:"爸,多买一瓶吧,我也有些渴了。"

小卖店不远。父亲将一瓶水递给我,我旋开瓶口递给儿子,由他自己去喝。随之我取过父亲手上的另一瓶水,几口就消灭掉一半。父亲看我将瓶盖拧回去了,一伸手,水瓶又回到他手上去了。这是老习惯了,往往全家人一同出来游玩,六十多岁的老父亲俨然是大半个"勤杂工"。儿子还仰头抱着瓶子张口咕咚咕咚猛灌,喝声很响亮,其实才吞下去一点。好一阵之后,儿子将瓶子递还我手上,与此同时他凑到我脸颊亲了一口,亲亲密密地说:"爸爸,我喝饱了。谢谢爸爸。"

不知为何,我忽然觉得心里起了些许波澜,我想起自己忘了一句话。我刚拧好第二瓶水，父亲的手又伸到我面前了："你照看好逗逗吧，我去放生池旁坐会儿。"父亲指指放生池，那里有一排石椅。我稍一迟疑，喊他："爸……"父亲正转身欲走，听我喊他，回头："还要买什么吗？我去。"我摇头，轻声说："爸，谢谢您了。"

父亲什么也没说，停顿了半秒，还是朝放生池走去。可我觉得他有些混浊的眼睛仿佛很亮地闪了几下。我再一次学着我儿子，对着老父亲的背影在心里悄悄喊了一声：谢谢爸爸。

真情家园

"谢谢"是一句再普通不过的话，却常常被我们所忽略。

也许他们并不需要，但是我们也要去做，因为我们要学会感恩。

儿子与母亲的谎言

孩提时,儿子张着小手对母亲说:"妈妈,我腿疼。"母亲急忙抱过儿子,问:"乖,哪儿疼?"儿子在母亲的怀抱里,蹬了蹬小腿说:"噢,不疼了。"但刚把他放下,他就嚷:"又疼了。"母亲明白了:儿子原来是想让她抱。年轻的母亲抱着儿子,亲着他的小鼻头说:"坏宝,还骗妈妈呢。"儿子在母亲的怀抱里,一脸得意地笑。这是孩子对母亲撒的第一个谎。

少年时,儿子对母亲说:"妈妈,老师又要资料费了。"母亲把压在枕头下的一沓钱拿出来,放到儿子手里。儿子接过钱,飞快地跑了。在烟雾缭绕中他看见了母亲的脸。母亲没有打他,也没有骂他,只是低声说:"孩子,看看你手里的那沓钱。"他摊开手,看着母亲给他的钱。那些钱有新的有旧的,都被母亲叠得整整齐齐,面额最大的也不超过两元,都是母亲起早贪黑卖小吃甚至捡破烂挣来的。看着那沓钱,悔恨的泪水自他眼中潸然而下。他要钱,根本不是交资料费,而是为了抽烟。这是他对母亲撒的第二个谎。

青年时,儿子在信中说:"妈妈,这个假期我不回家了,我在这儿找到了一份家教,我想在这儿打工。"开学了,黑瘦的儿子站在学校的公用电话旁对母亲说："工作挺轻松的，每天只需上三个小时的课，能挣五十块钱。这一个假期，我挣了一千多块钱，这学期，您就不用再给我寄生活费了。"电话那端，早有泪水顺着母亲满是皱纹的脸颊流下来。母亲已从儿子的同学那里打听到：儿子整个假期都在一家建筑工地做小工，每天要干十多个小时。这是儿子对母亲撒的第三个谎。

中年时，儿子早已成了家，母亲也老了。母亲病倒了。病床前，儿子说："妈，您的病一定能治好的，您就安心治疗吧。"其实母亲患的是癌症，晚期，医生说至多能活三个月。这是儿子对母亲撒的第四个谎。

母亲却说，自己不习惯医院的环境，如果再让她待在那里，她宁愿去死。无奈，儿子只好把母亲接回家，保守治疗。

在家里，母亲天天都是一副很快乐、很满足的样子。儿子也悄悄地松了口气，能让母亲按照自己的意愿度过最后的时光，这样，也很不错。

母亲去世三年后的一天，儿子见到为母亲治病的医生，讲起母亲。儿子说："还好，我的母亲自始至终都不知道她患的是癌症，在她最后的时间里，还算快乐。"医生对他的母亲印象很深。他说："我对你的母亲真的很钦佩，她在被确诊的时候就坚持让我告诉她自己的病情，然后坚持不住院治疗。在家里疗养期间也不让我用最好最贵的药。她说你的公司因为缺乏资金都快倒闭了，她不想让你为了她的病，再背一大堆外债。她的快乐，也是为了让你相信，她在家疗养同样很好。你的母亲，真的很爱你。"听完医生的话，儿子泪流满面，原来母亲早已知道自己的病情，她是替儿子着想，才谎称自己不习惯医院的环境，坚决不要住院治疗。

其实，撒谎，儿子永远比不过母亲啊！因为，母亲是宁愿牺牲自己来换取孩子幸福的。世上没有人比母亲更爱孩子。

真情家园

　　母亲对儿子的谎言掩盖了情感的炽热，而那种平凡的执著却诠释着伟大。我们只有用心去体会，才能慢慢地读懂母亲的谎言，品尝到人世间最伟大的爱。

温暖一生的亲情故事

感　恩

母亲说,你三岁那年,差点儿没了。

为什么呢?想到我可能夭折,这繁华热闹的世界与我完全无关,我不禁打了个冷战。

你的大腿弯儿里长了一个鸡蛋大的筋疙瘩,疼得你呀,没白没黑地哭,嗓子哑得都没声了,你的腿蜷着,碰都不能碰,娘就这么用手端着你,用肩膀扛着你,在地上走了三天三夜,头不梳脸不洗,娘没合过眼哪。

听着母亲的喃喃低语,我与她一起沉浸在那次可怕的疼痛中。一双小脚,高挑的个子,养育大了四个儿女又夭折了四个儿女的母亲,已经年过四十,她抱着我不停地走,双臂麻木了,两腿浮肿了,她不敢让自己脚步迟缓,她深知这场马拉松的竞争对手死神正在屋里扇动着双翼,她甚至感觉到了它的鼻息。恐惧的我紧紧搂住母亲的脖子,闭着眼睛嘤嘤地哭,谁都不找,仿佛那时就认定了此生与母亲相依为命的命运。

腹股沟的淋巴结长到鸡蛋大,又是急茬儿的,我中了什么邪?原发病灶在哪儿?冥冥中我凝视着那个伏在母亲肩头哭泣的闹人的幼儿,早已是泪水涟涟。

你爹骑车下西合营买来了盘尼西林,来回 80 里路,硬是走了一天,以前我不知道他会骑自行车,他啥时候学的呢?

母亲轻声地问自己。这个人,什么事情都放在心里,不对我说,就那么一狠心把母女丢下,自己清静去了,他哪知道我一个人又当爹又当娘,把你拉扯大是多么难。

母亲的意识又流到别处去了,她不再说我。显然是盘尼西林救了我的命后,我们家下一个灾难就是父亲的去世。

写到此处,眼前历历在目的又是母亲那迷惘的眼神,这使我想起一些别的事情。

我的月经初潮在 13 岁那年冬天,疾病伴随着青春期一起到来。我流血不止,常常持续三四十天,人更加单薄脸更加苍白。体育课全部免修,劳动课只能坐在学校的小工厂里削竹篾做筷子。下乡劳动是向贫下中农学习、积极表现自己的机会,有的同学正是在这种时候入团的,我却不能去。我被各种中药弄得苦不堪言。每天早晚必是被母亲央求着吞下一碗汤药,还经常吃一些偏方单方,那种记忆真是一生难忘。譬如阿胶糊住嗓子的滋味永远说不清楚;譬如苦味的三七粉,和墙角里的"六六六"简直毫无区别,无论是颜色还是气味;譬如不放盐的鸡冠花炖猪肉;譬如草纸烧的灰等等我全吃过。这种经历使我以后的几年里一直沮丧和自卑。

许多年以后母亲说,我以为你活不了呢,你哪知道娘心里有多难受,抓心哪!可是我成长的年代,心灵是那样粗糙,感情是那样简单,我怎么能知道母亲的心?五年里我不知道吃了多少中草药,面对母亲乞求的目光,我不得不喝,心里却是满满地怨恨。我只记住了中药的味道,哪知道母亲心里有多苦。我只知道发脾气耍小性子,哪懂得母亲为了我的脆弱的生命担惊受怕寝食难安!

我被母亲娇惯着,十几岁的姑娘没有洗过自己的一件衣服。母亲不让我沾凉水。一年四季,所有血污的内裤都是母亲用她那双曾经绣花的手搓洗,夏天一盆盆的血水泛着腥气,冬天自来水冰得扎手。那些年洗衣服用的是大瓦盆,母亲拐着小脚,吃力地蹲下站起,端着沉重的大瓦盆走进走出。

写到这儿,母亲那挺直的背影就在眼前。此生还有谁为我洗涮过血污的内裤呢?唯有母亲。

母亲不仅给了我最初的生命,在我长大成人的每一步路程,她都用自己的生命呵护着我。可是母亲在世时,我却麻木不察,给予她的关心与照顾不足以报答万分之一。母亲去世以后,她的言语行动继续感召着我,我才渐渐感受到母亲那无边无际无怨无悔的爱,但已是永远不再有了。

母亲经常说的一句话:"你疼你养的,养你的疼你,一辈一辈就这么留下来的。"这是多么朴素的真理。

温暖一生的亲情故事

真情家园

每一个人在成长过程中都要反抗和挣脱父母,不如此不足以证明自己已经长大成人。只有当你的孩子反抗你的时候,你才突然醒悟:当年我就是这样伤害父母的。只有这时,"感恩"这两个字才有了真正的分量。

绕不过去的路

小时候，爷爷经常带我去走亲戚。走亲戚，意味着能够吃上几顿比家里好得多的饭菜。这是爷爷对我的曲线疼法，使我得到许多实惠的慈爱。

爷爷经常去盘富村的那一家亲戚。不过，我并不爱去，因为必须经过一条七弯八折的厝弄，弄子两旁住的是猎户，养着好多凶猛的猎犬，那些猎犬帮助主人猎获过很多野兽，也给主人惹来不少麻烦——咬伤过好多陌生人——我害怕那些猎犬。

毕竟爷爷老了，爬山越岭，母亲不放心，叫我陪爷爷去，我岂敢说不？

在我踌躇之际，不知从哪里传来一阵螺号声。这是狩猎的号子。爷爷举起拐杖指着后山说："猎犬都在那呢，不要害怕了。"

我顺着爷爷指的方向望去，隐约可见几个猎人正在管茅和芒箕丛生的山上，仿佛泅在水里围追着什么，猎犬异常兴奋的狂吠，此起彼伏，一浪又一浪地滚到我们的耳边来。

真的不用害怕了。

我又蹦又跳地走在前面。爷爷拄着拐杖,不紧不慢地走着,离我越来越远。我很快就到了那弄口,也许是条件反射,我停了下来,回过头,看看爷爷走到哪里了。看着爷爷慢吞吞的样子,我没有耐性等,便蹑起脚,试图像猫一样无声无息地通过那条恐怖的弄子。我才走进弄口几步,天哪,一声沉闷的恶吠,像平地惊雷,直轰我的耳根!我惊叫起来,仓皇四顾,不见一个人影。我家曾经养过母狗。我知道,这是一条正在哺乳的母狗,恶吠是它护仔的威严警告,哺乳期的母狗是最敏感的,也是最凶猛的,遇上这种狗是不能跑的,你越跑,它就追得越凶。而逃生的本能驱使我拔腿跑了。又惊又恐的我,跌跌撞撞地跑了几步,一条瘦瘦的黑狗摇摆着两排略显苍白的乳房,狂风似的呼啸过来。我双手抱头,双目紧闭。它先在我的右臀猛咬了一口。幸好那时正值隆冬,我穿了两条打了补丁的裤子,臀部的补丁又密又厚——狗的利牙没能深入我的细皮嫩肉,很不甘愿,又倏地爬上我的背,企图把我按倒,然后再慢慢地咬,要咬哪里就咬哪里,肥瘦任它挑。我又哭又喊,身体左摇右甩,可怎么也挣脱不掉抓住我肩膀的狗!幸亏爷爷闻声赶到,猛击一杖。我只听到"咯"的一声钝响,狗便翻了下来。

爷爷得意地说:"打中的正是狗的最致命的部位——鼻梁。"那狗趔趄着爬起来,垂头丧气地走进一个楼梯脚下的旮旯里。

爷爷搂住我,让我的脸贴着他的胸口,又是呼儿又是唤命,连连说:"不用害怕,没被咬伤就好。"

爷爷牵着我继续走,他自言自语:"想不到这里还躲着一条产仔的母狗。"

"我又不伤害小狗,它凭什么那么咬我?"我问。

"凭什么?凭它对小狗的疼爱呀。"

"所有的母狗都这样吗？"

"是的。"

"我以后再也不走这条路了！"

"孩子，人一生在路上，难免会遇到这样那样意外的事情，为了一个目标，有些路你不能不走，没有别的选择啊。"

我一知半解地点了点头。爷爷笑了。我很少见到爷爷这样的微笑。

后来，我独自多次从那条弄子穿过。弄子两旁住的还是那些猎户，还有好多猎犬。只是我不再穿有补丁的衣裤，而是像爷爷那样，拿了一根拐杖，雄赳赳、气昂昂而不是畏首畏脑、缩手缩脚地走着；那些猎犬好像识相了，一般只在远远的地方狺狺狂吠，只有一两条追逐过来，甚至狂吠着尾随到弄子的尽头——当然，没有一条胆敢逼近。

真情家园

世上的路千万条，但是，有些路是绕不过去的，是不能不走的。该走的路，就大胆走吧。

31

一元钱的夏天

剑当初读大学时所选择的专业本来是热门专业，岂知世事难料，等他完成四年学业选择工作时，所学的专业已变成"冷门"。他参加了很多现场招聘会，投递了几十份求职自荐信，但都无甚收获。要命的是，毕业前他在学校勤工俭学挣的几百元钱除为应聘买的一双皮鞋和付房租外，身上只剩下最后十元钱了，这十元钱怎么也要撑到第二天。他将去参加某公司最后一轮复试，去那里需转两趟公交车，来去车费四元，中午他决定改善一下伙食，吃一盒五元的盒饭。如果这次还未被用人单位录取，他决定用剩下的最后一枚硬币给家里去一封信，然后从这个城市消失……

回到黑暗逼仄的出租屋，他发现亮着昏暗的灯光。房东说他父亲从溆浦来看他了。桌上放着一盘他特爱吃的辣椒炒风吹肉，还有两茶杯香香的家乡米酒。父亲苍老了许多，从怀里掏出一个陶瓷猪储钱罐，上面红红绿绿的漆已经斑驳。剑回忆起来，这是小时生日姑姑送他的礼物。里面一分两分、一角两角地积攒着他不少童年的梦。没想到十几年了，父亲还如此完好无损地保留着它！

"伢崽，听房东讲你还没找到工作，房租也欠了一个月。现在大学毕业生多，竞争激烈，你的专业也不对口，还是现实一些好，不要眼高手低！"父亲咽了口水又说，"我已经为你续交了一个月房租。另外，这只储钱罐你留着，在没有找到工作之前，兴许有点帮助！"

父亲次日早饭没吃就走了。他撬开那只储钱罐，倒出来，发现全是一元的硬币和纸币，共有一百多元，这足以让他对付十天半月的了。让他诧异的是房东告诉他，他父亲替他续交的房租也全是一元的硬币和纸币！

他记住了父亲的话。第二天面试时，招聘方问他愿不愿意从基层业务干起，他毫不犹豫答应了。三伏天，他背着沉甸甸的产品宣传资料和样品走街串巷，常被晒得口舌冒烟，同时受到不少人的白眼。一个炎热的下午，经过一商厦时，他发现一老叔在向行人兜售一种冰镇中药凉茶，凉茶用装豆浆的那种一次性封闭纸杯装着，放在隔热的冰棒箱里，一元钱一杯，买的人不少。剑掏出一元硬币递给老叔，老叔将汗漉漉的脸抬起时，剑惊呆了：他正是自己父亲，那双手和额头已被晒得像非洲人一样，他几乎认不出来了！

原来父亲为了让他能在这个城市立下足来，一直在这个炎热的夏天一元一元地支撑着。

真情家园

　　区区的一元钱，却承载着父亲太多的关心与期望。在这个炎热的夏天，父亲一元一元地撑起了儿子对生活的信心，多么伟大的父爱啊！

温暖一生的亲情故事

一　封　信

那一年,我刚出校门,在工厂流水线上混,365 天里我共写了 101 封信。

有 52 封是写给她的,有 37 封投到省级报刊,还有 11 封是写给以前的同学,只有一封写给家里。她是我职专时的恋人,她考上了大学,52 封信最终没有挽回她的离去。报刊杂志都是我勒紧裤腰带买的,呕心沥血,37 次希望,37 次失望。11 封信寄的都是我当初最好的哥们,而今均无联络。那一年的最后一天里,我写了一封信回家,大意不让家里牵挂。没想到很快收到回信,信是邻家小妹代写、爹跑了十几里路寄的。信里只有一句话:娃,外面累了就回家。落款:爹妈。

在那段灰暗的日子里,我几乎颓废到极点的时候,我至今都不敢想象没那封信、没那句话,我的今天会是什么样子。

真情家园

家是在外漂泊的我们停靠的港湾。当我们孤单无助时,家就是我们全部的希望,哪怕是只字片语,却给我们无穷的力量。

最后一句话

　　他有丢三落四的毛病,早晨洗脸,会忘了关水龙头。用高压锅煮粥,最后粥成了炭。最危险的一次,高压锅炸了,击碎了油烟机。这个消息被他的母亲知道了,母亲一大早赶到城里,一开门便问:"人伤着没有?"

　　母亲只有他一个儿子,从小很宠。娶了老婆后,母亲总是交待他的媳妇,他不吃辣,晚上睡觉喜欢把手伸出来,不能吃太油腻的东西等等,为这些,他的媳妇和母亲关系搞得很僵。老太太也知趣,一般不来城里。想儿子了,才会到儿子在城里的家,坐一会,看看儿子,平平淡淡地交待几句就回乡下了。

　　有段时间,他听说母亲的腹部经常隐隐作痛,但他一直没在意。最后他父亲打电话来说,母亲因为疼痛已经整夜整夜地睡不着觉了,他才感觉到事态严重。他租了车,把母亲拉到医院检查,结果十分残酷,母亲得的是绝症。

　　母亲似乎知道了结果,很淡然。她说,活了六十六,我也该知足了。他听了,说:"妈,你怎么能这样说呢?"随即,泪就下来了。

　　一个星期后,他的母亲做手术。麻醉前,她突然想起一件事,对护士说:"叫我儿子进来。"医生劝道:"现在除了医生其他人是不能随便进手术室的了。"

她一听,在手术室大喊大叫起来。医生没辙,只好让他穿好防护衣进了手术室。母亲说:"儿子啊,以后自己烧饭的时候,千万别忘了关煤气,要么以后不要用高压锅了,或者就吃快餐。"他走出手术室后,一直在垂泪。

手术进行了两个小时,手术结果比预料的更糟。母亲推出来后,已经不能说话。医生说:"情况真的很糟。"两天后,他的母亲走了。

真情家园

母亲在弥留之际心里想的还是自己的儿子,最后一句话还不忘了叮嘱自己的儿子,面对如此恩重如山的母爱,任何华丽的语言都会变得苍白无力。

温暖一生的亲情故事

叫妈妈来听电话

　　我在等 CALL 机，突然过来一个男人，匆匆，一边揩汗，劈手抓话筒。瞥眼看见我，手在半空里顿一下，我示意他先打。

　　显然是打给家里，他用很重的乡音问："哪个？"背忽然挺直，脚下不由自主立正，叫一声："爸爸。"吭吭哧哧一会儿，挤出一句："您家身体么样？"

　　再找不出话，在寸金寸光阴的长途电话里沉默半晌，他问："爸爸，您叫妈妈来听电话吧？"小心翼翼地征求。

　　连我都替他松一口气。

　　叫一声"妈"，他随即一泻千里，"家里么样？钱够不够用？小弟写信回来没有……"又"啊啊唔唔""好好好""是是是"个不休。许是母亲千叮万嘱，他些微不耐烦："晓得了晓得了，不消说的，我这大的人了……"——中年男人的撒娇。我把头一偏，偷笑。

　　又问："老头子么样？身体好不好？"发起急来，"要去医院哪……米贵不贵？还不吃饭了？再贵也要看病呀……妈，你要带爸去看病，钱无所谓，我多赚点就是了，他养儿子白养的？……"频频，"妈，你一定要跟爸讲……"——他自己怎么不跟他说呢？陡然大喝一句，"你野

温暖一生的亲情故事

到哪里去了!"神色凌厉,口气几乎是凶神恶煞,"鬼话,我白天打电话你就不在家!期末成绩出来没?"是换了通话对象。

那端——报分,他不自觉地点头,态度和缓下来,"还行,莫骄傲啊。要什么东西,爸爸给你带……儿子,要这些有什么用……"恫吓着结束,"听大人话。回头我问你妈你的表现,不好,老子打人的。"——他可不就是他老子。

短短几句话,简单鲁直,看似无情,却句句扣人心弦,包容了:爱、尊敬、挂念、殷切的希望,却都需要一座桥梁来联结——叫妈妈来听电话。

真情家园

似乎在许多家庭中,父子之间总有一种无法跨越的鸿沟影响了他们的沟通,爱是需要表达的,这就需要我们去搭建一座爱的桥梁。

温暖一生的亲情故事

瞬间的抉择

那是在一次朋友聚会上，一位在医院工作的朋友，给我们讲了这么一件事：

有一位年轻的母亲，带着才 5 岁的儿子一起到动物园玩。当时，动物园的管理人员正准备将黑熊搬到室内过冬，已经将笼子外侧的铁丝网拆除了一部分。当这位母亲带着儿子走到饲养黑熊的铁笼前时，调皮的儿子趁母亲不注意，竟迈过刚刚卸下的铁丝网；尔后，他走近内侧铁笼，将手中一块糖果隔着铁笼伸到黑熊的嘴里——朋友说到这里的时候，便停了下来，问我们道："在这个千钧一发的关头，你们想那位母亲会怎么做？"

此时，我们还认为朋友是拿一个脑筋急转弯来考验我们的智力。

于是，一位朋友回答道："那位母亲弯腰拾起一根木棍，将黑熊吓跑了。"

另一位朋友回答道："那位母亲怒吼一声，'熊蛋滚开'！把黑熊给吓跑了。"

还有一位朋友的回答更加荒唐可笑，她说："黑熊吃了小男孩的糖果，还给母子俩鞠了一个躬。"

听完大家的答案，那位朋友摇了摇头，然后神情凝重地说："在那千钧一发的关头，母亲毫不犹豫地将自己的一只手喂给狗熊，然后用另一只手来护住儿子的小手——"

听到这儿，我们一个个脸上的笑容都凝固了。然后，急切地询问母子俩以后的命运。沉吟了一会儿，朋友才声音有些哽咽地说："尽管旁边的工作人员，紧急奔上前来救助，用木棍将黑熊击打开了。但是，那位母亲的双手仍被咬得惨不忍睹，一只手的肌腱已经断裂，而儿子的手因为有了母亲的保护，伤得较轻——"

朋友镜片后的眼睛泛出了泪花，他郑重地解释道："这不是一个智力题，而是一件真实的事情，就发生在我们的身边！"

在场的每一个人，都被那位母亲的壮举给深深地感动了。

我的眼睛也蓦然湿润了——母亲，这是一个多么伟大的名字啊！这个世上有许许多多惊心动魄的壮举，却是由一位又一位平凡的母亲缔造的！

真情家园

母爱的力量是伟大的，只在那一瞬间，在自己的孩子处在危险的境地时，这位平凡的母亲做出了不平凡的壮举，不能不令我们动容。

月光下的蛙鸣

十几年前的一个寻常夏天，我枕戈待旦地准备参加这一年的高考。

在那样一个年代里，高考直接决定着一个青年一生的命运。而我的情况更特殊，三岁时失去了父亲，是母亲含辛茹苦地把我带大。苦难中的母亲，眼巴巴地盼着我能高考得中。我也想，如果能在这一年如愿以偿，正是对母亲最好的报答，能减轻母亲经济上和精神上的压力。

但竞争是残酷的，同学们都在头悬梁、锥刺股，焚膏继晷地苦战，你追我赶。高考一个月前的预考中，我意外地遭到惨败。巨大的精神压力起了很大的负面作用，我很清楚这意味着什么。

母亲见我面容憔悴，很心疼。我家离学校不远，她就跟老师说情，说寝室里吵闹，让我回家住，好早晚照料我，给我增加营养。

那段时间里，她杀光了家中三十几只鸡，想尽一切办法，让我恢复体质。然而，母亲的一切努力收效甚微，我还是日复一日地消瘦下去。

我房间的后窗正对着屋后的一方池塘，正是燥热的六月，夜晚，一池塘的青蛙，唧唧呱呱，呼朋引伴，叫声格外响亮悠远。一池的蛙声就这样紧紧缠住我一双不幸的耳朵，此起彼伏地一次又一次将我惊醒。母亲去了一趟学校。回来后，高兴地告诉我，即使考不上大学，班主任也答应让我复读一年。老师说，第二年，他保证我能考上。

渐渐地，蛙声不再吵闹了。每夜都有香甜的梦。但是，母亲却变了，日日坐在椅子上打盹。一天，隔壁的大妈偷偷地拉住我，悄悄跟我说："你妈为了让你睡好觉，夜夜替你赶青蛙呢。"我将信将疑。

但是，第二天夜里，月光下的池塘边上，我真的看见了我的母亲。

母亲手拿一根长长的竹竿，轻轻地敲打池塘边的每一处草丛，做得认真又虔诚。她绕着池塘一圈圈小心地走着，一遍遍用竹竿仔细地敲打。有时她停下来，站一会儿，轻轻地咳嗽几声，用手捶捶背。月光把她的白发漂洗得很白。我大声喊母亲。母亲却听不见，她全神贯注于手中的竹竿，生怕遗漏一处蛙声……

这一年高考，我被大学录取了。很多年已经过去，蛙声也一点点远逝。可是，我觉得它时时都在我的枕边，一声声，像不倦的提醒和教诲，给我许多人生的激励。

42

温暖一生的亲情故事

真情家园

有一种爱，能唤起一个人内心潜在的力量，帮助你去战胜一切困难；有一种爱，能够无私地付出，而不希求任何的回报，这就是伟大的母爱。

祖父坐在你们中间

"天才魔术师"大卫曾经说过:"我玩的是骗术,没有真东西。"在电视上,我看他在空中优雅地飞,又轻易地"移"走了自由女神像,还成功地穿越了长城……在评价他的魔术表演时,我淡淡地说:高科技手段运用得还不错。2002 年夏季,大卫来到中国。在上海,一个并不代表他最高表演水平的小节目却征服了我的心。

在舞台上,大卫用一张张老照片讲述了他祖父与父亲的故事,讲述了自己的成长经历。大卫小时候,他的祖父对他期望很高。后来,大卫迷恋上了魔术,他的祖父认为这是不务正业,为此再也不跟他说话。"我失去了一个好朋友。"大卫黯然神伤地说。渐渐地,大卫红了起来。当他第一次到百老汇演出的时候,他突然在观众席的最后一排看到了一个熟悉的身影。"那人太像我的祖父了!"大卫说,"我想叫他,但又不敢相信自己的眼睛,以为只是幻觉。"随着大卫动情的讲解,"祖父"的照片亦真亦幻地动了起来。观众的心被那个倔强而又慈爱的老人深深地触动了。大家多么希望这祖孙俩能够有一个幸福的拥抱! 但是,祖父又回到了照片里,大卫始终没能拉住祖父的手。"老人家究竟有没有来看我的演出,这在我心里一直是个谜。直到祖父去

温暖一生的亲情故事

世,在整理老人的遗物时,我看到了一样让我心灵震颤的东西——一张被精心保留下来的我那场百老汇演出的票根。"大卫的眼中闪着亮晶晶的泪水。偌大的剧场静得出奇。"虽然我知道不可能,但我还要说:我希望我的祖父此时就在观众席中坐着——在你们中间。"

尽管人们都知道大卫的节目中有许多精彩的煽情创意,但聆听着这个美好而又有些伤感的亲情故事几乎所有的人都不忍心去探究它是否属于"作秀"。大家相信了,大家感动了。大卫那一句"我玩的是骗术,没有真东西",在这里神奇地失效了。

真情家园

　　神奇的魔术蒙不过善于挑剔的眼睛,然而,一个脆弱的爱的表白却顷刻间赢得了最善于挑剔的心灵,这就是爱的力量。

到底先救谁

　　自从在奥克兰市府登记结婚后,我便开始问老公一个古老的问题,明知愚不可及,不问个水落石出就是不甘心:我和你母亲一起掉进水里,你先救谁?

　　每次老公支支吾吾半天,经不起我再三逼问,才心不甘情不愿地回答:"……你……"但他有时也愤而反抗:"要是我们以后有个儿子,他长大后该先救谁?"我白了他一眼,得意地说:"当然是我。"话说出口,自知陷进圈套,只好暗暗拿定主意:从小对这孩子灌输这个道理,免得将来和我老公一样,要老婆不要老妈。可是,我的想法在孩子生下来后有了180度的转变。事情是这样的——

　　结婚两年,经历了两次习惯性流产,第三次得知怀有身孕后,我当机立断,辞掉工作,准备回家卧床保胎。白人经理南希是我的好朋友,她不能理解我的动机,一个劲地挽留说:"Jessica,你一定要考虑好,纽约总部已经决定,委任你为凯文·克莱专柜的专门代表了。"

　　这一钓饵不能不叫我动心,当年我费了九牛二虎之力,才进入专门经营高级时装的大企业BLOOMINGDALE'S担任销售员,一路拼搏下来,如今眼看着业绩蒸蒸日上,公司正要提拔,我却白白放弃大好前程,心中的遗憾可想而知。可这一切毕竟是身外之物,腹中的胎儿却是我的血肉。

南希看我去意已定,紧紧拥抱了我,说:"我能够理解,因为我也是母亲,"随即,她叹了一句:"当母亲难呀!"

南希和儿子的关系,我早就晓得,她已离婚多年,儿子的抚养权判给前夫。儿子今年 14 岁,正处在困扰不断的青春期。过去,儿子每年在寒暑假都和南希一起过,今年,儿子和同学们去欧洲旅游。南希盼望了一年,这唯一和儿子聚首的机会却丧失了。南希得到这个消息,当场大哭起来,我们围在她身边,无言以对。

从此之后,南希把所有精力放在工作上。有时她和我谈心事,少不了来个警告:不能把鸡蛋全放在一个篮子里,对孩子不要寄太大的希望。

也许南希是对的,可是,我没有这份理智。

我除了长时间卧床外,还不时打电话给熟识的中西医生,讨保胎药方。那些药,不管酸甜苦辣,只要是医生认可的保胎药,我都吃。折腾了好些日子以后,我到凯撒医院去作荷尔蒙化验,报告出来后医生来电祝贺:胎儿保住了。

还没有等我起床,孕吐便一发而不可收拾。别的孕妇在大吐之后,胃口稍缓,可以进食。而我从早到晚一直反胃,吐又吐不出,胃口奇差,只吃咸菜泡饭。丈夫一早上班,晚上回家,来不及休息,赶紧为我煮饭,然而我一闻到味儿就想吐。丈夫生怕我缺营养,急得四处找我爱吃的食品,买来却没有一样合我意。有时深更半夜,我突然想起在北京和哥们儿一起吃驴肉喝二锅头的情景,馋得要命,立刻摇醒丈夫,嚷嚷要马上回国吃驴肉,疲乏的丈夫被我吵得叫苦连天。

老公送瘟神似的送走了我的孕吐期,我们都大舒一口气,以为从此轻松了。躺在床上,想起"该救谁"的古老问题,我叹息:"怀孕那么苦,将来他可得有良心!"话音未落,我却隐隐担心,若他真救了我,会不会因此永失爱妻?会不会从此生活在痛苦孤独之中?

这问题还没想透,又一大难临头:作例行超声波检查时,医生神情凝重,她发现了我胎盘完全前置。这可是非同小可的,胎盘完全覆盖着子宫口,随时可能发生大出血,而且没有任何先兆,一旦出事,极有可能是母婴双亡。而到目前为止,还没有任何方法能够医治胎盘前置。

医生耸耸肩,说:卧床吧!只有这条路了。

我又回到了床上,除了去卫生间,所有活动都躺着进行。不敢看电视,因为电视有辐射;不敢多打电话,因为开销太大;不敢多活动,因为运动稍剧烈,胎盘就容易脱落……难耐的寂寞,把爱玩的我几乎逼疯了。

南希来电问过我的情况,有些担忧地说:"我听说过这种病例,许多夫妻为此疲于奔命,一旦出血,你一个人在家怎么办呢?好好想想,如果是我,我会引产。"

我疑惑:"南希,你在说什么?美国人不是反对堕胎吗?"南希回答:"那是天主教徒,我不是。如果怀孕有危险,我当然不会冒险。就算你冒死生下孩子,他将来长大后会记得你为他做的一切吗?会永远把你放在第一位吗?"

一句话触动了我的心事,是啊,我要是掉下水,孩子也许不会先救我,南希母子的例子,活生生地摆在我眼前。但是,我大声叫喊:"不,我做超声波检查时从屏幕里看到孩子了,我不引产!"

47

看到孩子在超声波屏幕上手舞足蹈,一种从未有过的幸福和责任感沉甸甸地压在心间。我这才体验到,母亲这个称呼是多么的神圣!孩子将来先救谁,有什么重要呢?我要的是孩子,冒生命危险也在所不惜!

朋友们安慰我:"孩子生下来一定很漂亮。"我含泪:"不必漂亮,不缺胳膊短腿……不! 只要是活的就好。"

丈夫买来手机,让我随时给他打电话,他还用英文写下我的病况,如果打911救急电话,应该怎样清晰地表达;他画下去医院的路线并写明我的医疗卡号码,以便交给急救人员……每次他上班去,手机一响就胆战心惊,生怕是我出了事。八个月来他瘦了许多。

尽管如此防范,我还是发生了两次出血,幸亏及时止住了,只是虚惊。不过医生提出警告:"出血意味着胎盘少量脱落,胎儿靠胎盘吸收养料,你要比别人吸收更多营养。"我不敢马虎,大量进食,连素日避之惟恐不及的乳酪和牛奶,都捏着鼻子吃下去。可医生又说:"不能吃太多,那会得糖尿病和败血症的。"我赶紧节食,一来二去,我倒反而比怀孕前瘦了。

到了第八个月,山洪暴发似的大出血终于到来了。

那是一个清早,丈夫刚开车准备上班,在门口被我叫住:"送我去医院,大出血了。"

一路上,血渗透裤管浸透坐垫,后车座位被染红一大滩。我极力克制惊慌,告诫自己别紧张,否则,血会出得更多。"记住,危险时,保孩子第一。"我这般告诉丈夫时,心里特别冷静,这句话我早就想说出来了。丈夫握方向盘的手在颤抖,他用全身力气控制自己的情绪。

人还没推进手术室,剖宫手术的器具早已准备妥当,医生们已在严阵以待。经过紧张检查,医生告诉我可以顺产也可以剖宫。必须一分钟之内决定。

"顺产!"我决定。顺产对婴儿的生长发育好,我根本不顾将来自己的身材受不受影响。

天底下所有的母亲都经历过最痛苦的阵痛。那是怎样的痛楚啊!隔壁产房传来产妇们声嘶力竭的嚎叫。

我一声不吭,因为胎盘完全破碎在里面,孩子危在旦夕!现在再剖宫来不及了。这几分钟不能生下来,母婴只能存活一个。我不能叫痛,必须节省力气,全力以赴。

一声儿啼,早产的儿子宛如初升的太阳。

我和丈夫喜极而泣。

好久,丈夫才发出感慨:"我们为他那么操劳,不知道他将来先救谁?"

我不假思索:"救他的妻子!"

是的,儿子,先救你的妻子,先救你孩子的母亲,先救那个誓与你同甘共苦厮守终生的人,先救那个能够给你带来一辈子幸福的人。

这是我,一个母亲的回答。这是从血泊里升起的呼喊。

真情家园

"到底先救谁?"这是一个很难回答的问题,但是一个母亲却给了我们最佳的答案,因为她深深体会到了做母亲的伟大。

49

温暖一生的亲情故事

隐晦的真相

还是在未谙世事的年龄,我便知道母亲与父亲是合不来的。他们很少说话,常将我关在房门外吵架。战事往往由母亲挑起,房门里边,她的声音大而持久,父亲只是唯唯诺诺地接上几句,像心虚的小学生。

在那时的我所能理解的范畴里,母亲便是胜者了。可他们走出来时,她丝毫没有胜利的满足,脸上甚至挂着眼泪。后来听到一个叫做"恶人先告状"的词语,一下便想起了母亲的眼泪。把父亲打败了,她却哭了,她真是恶人先告状!

初中时住校,一个星期回一次家。那天,父母亲一起来学校看我。午休时一家人上街,他们一左一右牵着我,任由我挑吃的,穿的,用的。我欣喜不已,那个中午始终沉浸在幸福里,梦想着那是今后一家人和谐生活的美好开始。

然而,再回家便不见了父亲。母亲在我犀利、疑惑的目光里,眼神闪烁,措词生硬,倒是极力在说父亲的好。我大嚷:"我不想听这些。你都赶走他了,又为他讲话,这只能证明你心虚了,是因为你心里有别人吗?"一个十几岁的孩子,对母亲喊出的竟是心里认为最恶毒的辱人俚语,连我自己都吃惊不小。

母亲望着我，咬着下唇不再做声。

单亲家庭的孩子果真叛逆。我不与母亲多说话，逃学、早恋，一次次离家出走，一次次被母亲找回来。她问我到底想怎么样，我就理直气壮地拿"要去找爸爸"这样的话来呛她。每到这时，她便不说话，只是望着我，眼里写着的焦虑与失落，竟在我心里激起快感。

有一次，我偷偷拿了钱，逃了课与一群同学去郊区"踏青"。归家时是三天后，母亲的怒火如山洪暴发，她骂我，拿起缝纫机上的戒尺，一下接一下地抽打我的手掌。我站着，不缩手，不皱眉，不叫痛，也不哭，我昂着头，像一个坚强的"革命战士"，她就不停地抽着。最终，她败于这场对峙，她哭了。她哭着朝我吼："求求你叫声疼，只要你叫喊疼我就不打了！"

我高昂着头，不叫。

她一下跪倒在我面前，哭得不知所措。她说："我只以为我悉心抚慰你，家庭的残缺应该不会拖累你。然而，为解脱自己，我却伤害了你，孩子……"

我听不懂她的话，也不想去深究，而是跑进房间，抱着父亲的相片喊"爸爸"，哭得悲怆苍凉。许久，她走进来，将我抱在怀里，又为我清理红肿的手掌。我不望她，只感觉到掌心有什么东西在拍打着，温温润润的很舒服，是她的眼泪。

突然就想起一句话：打在儿身上，疼在娘心里。是谁说过的？我想着，搞不懂是为这句话还是为自己，鼻子酸了一下，就流泪了。

那一夜，母亲面带微笑，和我坐在餐桌旁吃晚饭，从那端辗转着往我碗里添菜，又坚持送我回房休息，却坐在床前久久不愿离去。待我一觉醒来，她已趴在床头睡去。我打量她，她睡得安详宁静，头上若隐

温暖一生的亲情故事

若现的白发让人恍惚。

突然，我觉得自己不应该惹她伤心。

然而，十几岁的年纪，最做不来的是乖巧，最不懂得的是母爱的深沉和回报母亲。偶尔闪现的那些好念头，不过是雨后的彩虹，短暂且不可期待。次日清早，我仍提着书包目不斜视地穿过满桌的早餐，出门。

我的成绩一直不理想，连我自己都认命，她偏不信邪，不停地给我换家教。我们的经济状况并不好，她上完班，给一家电子厂加工零件，是往那种棱角分明的小玻璃珠子里穿银丝，要穿 1000 个才赚得 1 块钱。她每晚都守在灯管下，不厌其烦地干着。手指先是起茧，茧子再经磨破，那手指便没了样儿，皮肉血水一团糟。搽上酒精，用纱布缠住，仍穿。她给我请家教，专挑名校学子，人家开价从不还一分。

几年后，从当地一所三流大学毕业，我们的矛盾再次激化。我要随男友去南方，她不同意。我们谈话，决裂，再决裂。她问原因，我硬了心肠说："这一生没有爸爸，找一个长得像爸爸的男孩子，便是最大的理想。"她低下头，不再言语。其实，真正的原因我实在是不忍说出口，早在两年前，父亲便与我有了联系。这次南下，与其说是去追随爱情，不如说是去寻一个失落太久的梦。

走的那天，母亲规劝，哀求，终于暴跳如雷。最后，无望的在我身后放声大哭："你走出去就不要再回来，我不要你这不识好歹的东西！"我愣了片刻，头也不回地走掉。

离开母亲，很长一段时间里，心却被她的眼泪浸润着，缓不过气来。才发现自己其实是深爱着她的，只是孩提时印于脑海中的"恶人"形象根深蒂固。或许，还因为这些年里，我们之间冷漠的相处方式，将那一份最温馨的亲情深深封起。我是爱她的,我却不知。

没有母亲的异乡之夜,漫漫无尽头。我裹在被子里哭泣,不停地给母亲打电话,她再不似离别那日的浮躁,很平静。仿佛想明白了,我于她,已经是一只挣脱了绳索的风筝,即使她再眷恋,如今我飞了,她只能无望守候。

与父亲的相见,是在他的家里,一个与母亲有着相当年纪的女人,我叫她阿姨;一个高及我肩头的 8 岁男孩,他叫我姐姐。望着弟弟眉眼里那抹父亲的神韵,有妒忌自心底掠过。我在心里细细掐算:弟弟他 8 岁了。也就是说,父亲离开我时,弟弟就已经生根发芽了。

当然,事情过去了那么久,我也不是那个朝自己的母亲嚷"你心里有别人了"的傻小孩子,对于父亲现在的生活,我是不应有什么想法的。但不知为何,感受着他们的愉悦,一边为父亲高兴,一边却是失落,为母亲鸣不平。她与父亲,曾在同一屋檐下生活十几年,他们曾携手走过那么多个朝朝暮暮。而如今,他已拥有另一份天伦之乐,他撇她而去时她不到 40 岁,这些年里她却守着成天朝她讨要爸爸的女儿,低调、晦涩。

父亲意识到了,伸手过来握住我说:"你在怪我吗?"我想了想,微笑着说:"不会了,爸爸那个字于我,已在妈妈这些年的良苦用心下消磨殆尽。人都有抉择的权利与理由,我懂。就是妈妈,她都没有怪过你,我们祝福你。"那一刻,却是泪如雨下,归心似箭。

跨进家门,母亲坐在沙发上缝补着一件我小时候穿过的背心。叫了一声妈,她有片刻的停滞,手指大概是被针头刺到了,噙在嘴里飞快钻进厨房。我追到厨房喊"妈",母亲仍不理,背影在颤动!

我想起小时候看到过一篇文章,说的是猫头鹰这种动物,是吃母

53

亲肉的。母亲生育了它,抚养了它,倾其一生,连同最后的一身血肉……如此,这么多年,我便是一只猫头鹰了!我吞噬母亲的血泪赖以成长,还要伤透她的心……我跪倒在母亲脚下。

母亲抹着眼泪将我扶起,只有几秒钟,她的神态便恢复得极其自然,就像我们并不是一对存在芥蒂多年的母女。

那天下午,我搬着小板凳挨着母亲坐在阳台,一份久违的温情在心间袅袅升起。我终于鼓足勇气,小心翼翼地跟她聊起爸爸。母亲却平静,全然没有常人对负心男人经久不灭的那种愤慨。我终于忍不住问:"可是妈妈,那时,你为什么不向我说明呢?"

母亲微微一笑:"我们已经不能给你一个完整的家,为什么还要将阴晦的真相压在你幼小的心灵里呢?"

原来,她是不让女儿过早地去消化沉重的抉择,不想让我过早地面对那份拘谨与无奈。为此,她愿意活在我的懵懂的积怨里,耐心去守望,而我,从此有一颗恬静、懂爱、感恩的心灵。

真情家园

一个无助的母亲,在饱受女儿的责难的时候,依然把真相深深地埋藏在心底,因为,她希望自己的女儿能够保持一个懂爱、感恩的心灵。

父亲的乐歌

如果我紧闭双目，一动不动，就会回想起父亲教我静听乐歌的那个晚上，当时我该是五六岁。内布拉斯加州连年干旱，那天下午夏日热得火烧似的，连呼吸都有困难。入夜之后，我上床睡觉，就在这时候，在我绿白色光布窗帘的缝隙中，一道微弱的闪电划过漆黑的夜空。

远处低长的雷声变为怒吼，我把百衲被拉上来裹着脖子，抱着枕头。百叶帘咯咯作响，榆树枝敲打外墙的木板，风从门窗缝中吹进来，像是鬼嚎。然后电光一闪，照得房间通明，随着就是一声暴雷。我想逃到双亲的房子里去，却惊怕得不能动弹，只有高声大叫。

一瞬间，父亲已来到我的床边，抱着我轻摇抚慰。我渐渐安静下来。他对我说："你听！暴风雨在唱歌。你听得到吗？"

我停止哭泣，倾耳静听。又是一道电光，一声雷响。父亲说："听那鼓声，音乐没有鼓算是什么呢？没有鼓，就没有节奏，没有深度，没有精髓。"又来了一阵鬼嚎，我凑近父亲，紧紧拉住他。他低声说："喂，我想我们的乐队中有一具口琴，听到没有？"

我仔细静听，低声说："不对，我想那是一具竖琴。"

父亲咯咯一笑，轻拍我的脸颊。"现在你懂了。闭上眼睛，看你能不能抓住这乐声，随着它飘去，你想不到它会把你带到什么地方去的。"

我闭上眼睛，恳切静听，心随竖琴的声音飘去了，一直到天亮。那一夜我睡得真甜。

父亲是一个日夜随时应诊的老牌医生，经常到农家诊病。他不会玩乐器，也不会唱歌，但却喜欢他所听到的音乐。很多时候，他都会在家里尽情高歌。我们笑他，他就说："歌曲不唱来与人分享，有什么好处？"他有时坐在日光室内，开着那部"维特劳拉"牌老式唱机听轻音乐唱片。可是几分钟后，室内就寂然无声。有一天，我问他音乐停了之后他在做什么。

父亲把手放在胸前，说道："啊，那时真正的音乐就开始，我听我自己的乐歌。"

当时我听来一知半解。但是日子渐渐过去，父亲教会了我如何听我自己的乐歌。有一次，在科罗拉多州的落基山中，我们看急流跃过石崖。他说："瀑布中自有音律，你听得出吗？"我一直以为瀑布的水声总是千篇一律的。但是此时我闭目细听，发觉可以听到急流音律的细微变化。

父亲说："宇宙万物都有音乐。它存在于季节变换中，脉搏跳动中，欢欣和悲痛的循环中。别抗拒，随它和它，让你自己成为音乐的一部分。"

其后不久，在第二次世界大战期间，我站在一艘军舰上，吻别我的父亲。他是舰上的军医。我心里很怕，一个星期以来，不断细看父亲的容貌举止，力求铭记在心，就怕他一去不回。

晃眼间，已到了我应该离舰的时候，我一时间像孩子般心慌意乱，抱着他不放。他轻声说："你听！你听到波浪中的乐声了吗?"我屏息静听。果然海波的音律非常有节奏。我也突然感觉有一股坚强、结实而且可靠的力量支持着我。我松开紧搂着父亲的手,走下跳板。

父亲退役回家后不久,我也听到了我自己生命的音乐。我当了公立学校的言语及听力治疗师。我喜欢帮助遇到困难的孩子,但也有像莎莉安那样令我怜惜心痛的事例。

她是一个很好看的小女孩,有长长的卷发。她虽然不是完全聋,初上学的几年却是在俄马哈的内布拉斯加聋童学校度过的。现在当地的学校既然有了言语及听力治疗师,她的父母就把她接回家来。她能够回来,雀跃万分！可是一星期一星期过去,就看得出莎莉安不能够好好地适应。她很容易灰心沮丧,不久就自暴自弃,不肯学听。她的父母准备把她再送回俄马哈去。

57

我知道我得使莎莉安把注意力集中在听这方面,因此我用音乐帮助她体会听可以给她带来乐趣,她也的确因而得到乐趣。可是莎莉安每次上完治疗课回到教室后,又表现出毫无兴趣。有一天,她和我一起听贝多芬的第五交响曲,我记起父亲在日光室听曲的旧事。

我说："莎莉安,我们要试行一个新办法。我把音乐停掉,却要你继续听下去。"她颇感迷惑。"我要你用你的心听而不是用耳朵听。只要你能在心中听到音乐,你到哪里也可以听到它！"

我们每天用一部分时间听音乐,然后我把电唱机关掉,莎莉安和我就把双手放在胸前,静听心中的音乐。对她,这很快就成了一件乐事,她非常喜欢这样做。

不久之后,莎莉安的教师问我："你是怎样教导莎莉安的？现在我讲课时她开始看着我,而不是低头看她的书桌了。她也开始听从指

温暖一生的亲情故事

导。而且,你有没有注意到她在学校里不再拖着脚步走路,而是连蹦带跳地跑?"

父亲教我听心中的乐歌,在我为人妻为人母遇上困难时,也对我大有帮助。一个严寒的 12 月夜晚,我在医院加强护理室旁的休息室中焦急不安地走来走去。我的 17 岁儿子保罗正在生死边缘,他的女友在那次车祸中丧生,而他昏迷不醒。

时间一分一秒地走,我的恐惧也随之加深,我突然感觉到再也压抑不住,要悲伤着跑出去,逃进黑夜里。幸而心思一转,想到了许多年前暴风吹进我卧室的窗缝,父亲初次教我听乐歌的往事。我就再一次安定下来,默然静听。

开始时,我听到的只是从休息室通风装置中传来的锅炉嗡嗡声。我再仔细听,炉声像大提琴的私语,后面又有隐约可闻的短笛声。我不再踱步,回身坐下来,闭起眼睛,听锅炉的大提琴声,随之和之,直到天明。保罗幸得生还,陪伴着他,我的乐歌也得以重返。

许多年来,父亲的乐歌帮助我找到了我自己的乐歌,我自己的音乐,我自己的生活方式。然后,我的乐歌突然因一通电话坠入了无声的深渊。我一听到我兄弟的声音,不等他开口就知道是什么事了。父亲死了,是心脏病猝发。我回到床上,闭起眼睛。我眼中没有泪,只是一片黑暗。我在床上躺了很久,僵硬地动也不动,希望醒来时发现只是做了一场噩梦。

但是父亲确是去世了,我们站在他的墓旁,葬幔在 2 月的寒风中摆动,我的感觉是麻木的。有几个星期,我活在孤寂无语之中。

有一晚,我独自坐在起居室,听到壁炉烟道中冬夜风声。声音如泣如诉,好像为我哀鸣,但是我内心驱使我,叫我细听。我不由自主地

温暖一生的亲情故事

凝神静坐。那壁炉的呜咽声不是口琴,甚至不是竖琴。不,它像是长笛,醇厚的长笛。

突然,我感觉到自己在微笑。在那个时期,我知道在某一个地方,有一个五音不辨的老精灵也在静坐细听这天籁,他在世之年也曾听过这种乐歌。

我在静听时想到我从没有和随过长笛的乐声,因此就闭起眼睛,抓住壁炉烟道的呜咽声,随之和之,直到清晨,也寻回了生气。

真情家园

五音不辨的父亲却有自己独特的乐歌,他教会女儿倾听这天籁之音,帮助女儿找到了自己的乐歌,自己的生活方式。

59

父爱的逆向思维

遇见他，是在一次浙江企业与新闻媒体的联谊会上，30多岁的他作为年轻一代的代表发言，白手起家创办了连锁店遍布全国，拥有数千万身家。

其中那份感谢名单里着重提到感谢父母，"在我的事业生涯里，他们的影响无比巨大。"

大学毕业，他开始打天下。上班第一年春节回家，他得意洋洋地递过去1000元过节费，老妈的神情没有流露出明显的欢喜，过几天好像是闲聊着说起："黎叔叔家的女儿，过年回来给了家里8000元呢。"他愣住，歪着脑袋半天没言语，妈哎，您儿子拿您与上海的富妈妈比较，您高不高兴？

第二年，他上交的过节费增加一倍（为此搁浅迫在眉睫的电脑计划），又买了烟酒茶，谁知老爸又哈哈："谁还抽'白沙'呢？现在都流行抽'黄鹤楼'，你表哥送的'黄鹤楼'200多块钱一条呢。"他听了，再次愣住。

那时，爸妈都年轻，50出头，街道安排个早点摊，问做不做，夫妻俩把手卷在袖子里说："有儿子呢，有儿子呢，儿子在大上海一个月挣

3500。"没错，月挣 3500 块，但除去房租水电交通费只剩一千多块结余，这点钱只够他在大上海辛苦生存。他很省很省地花钱，在光线黑暗的办公室做小职员，每次打电话都报喜不报忧——今天买什么吃了？——吃肉了。实际上吃土豆青菜的日子占多数。

儿子进化成懂事的人，爹妈还在原地踏步。

真替他抱屈，哪有这样不懂事的父母？可他懂得逆向思维，这不正说明我不够强么，没让父母过上好生活？

回到上海，他狠命充电、拓展人脉资源。第四年，跳槽到一家外企，跃入职业生涯第二个阶段。他很快成为年薪十万的白领，买了房把父母接来同住。

他开始觉得满足。

可是爹妈来了后，一套房子明显不够，比如老妈爱看电视，肥皂剧从早 8 点到晚 8 点播个不停；老爸爱抽烟，明知儿媳打算要小孩还是戒不掉。没人敢劝，劝了老两口就会郁闷地吼："嫌弃我们不是，那送我们回老家去！这么大把年纪这么点小爱好也不能保留！"也委屈过，转念一想，老年人怎么可能更改几十年的生活方式？熏着儿子也不好！我还得发愤图强，再买套房！

等他辞职当了老板，买下两套相邻的住房已经是三年后的事了，再过五年，他坐在我对面一脸阳光地述说他为什么成功。"累，过去的日子真累，可累得有价值！不仅满足了父母妻儿的物质需求和精神渴望，还看到了自己的发展壮大。"

"在我每一个发展停滞的阶段，父母挑剔的言语就像一根针，扎得我猛醒。这是强心针，有力却不留下痛苦的痕迹。"

我张大了嘴巴，聪明人能从负面因素中找到正面效应，哪怕遭遇了俗气、挑剔、爱发脾气的父母？

真情家园

把父母的牢骚视为一种反作用力吧，姑且忍着、听着、奋斗着。这世上，除了你的老婆孩子，只有你的父母会这么依靠你、在乎你、对你推心置腹，把你视作茫茫世间最大的光亮与幸福所在。

温暖一生的亲情故事

62

幸福如汤要趁热

他是一家之主。每次下班回家,他最喜欢说的一句话是:不要烦我了,我已经很累了。今天也一样。于是一如既往,妻子安静地做饭去了。几个孩子看见他回来,一个一个轮流叫过一声爸爸,然后纷纷跑开,自顾自地玩耍去了。

他又辛苦了一天。他想,自己是一个非常有责任感的父亲。他板着脸坐在小椅子上,不知道该做什么。他已经忘却如何说一个笑话,他也不会去扮鬼脸。孩子们在一边自己玩得很开心,没有谁来打扰他。妻子做好饭菜会叫他的。这样一个幸福的家庭,这样一幅幸福的画面,还有什么不满足?他应该是非常非常满足了。可是,一种很空乏很寂寞的感觉,升了起来,在他的胸口回荡。在他回到自己的家以后,却发现,他用所有的一切,所撑起的一个充满甜美欢笑的家,居然与他如此保持着距离。不,这种距离不是刻意制造的,没有亲人喜欢距离。但,确实存在。

我们无比相信,成年以后,那些小小的孩子,会对他们的父亲无比爱戴、感激与尊敬,因为他的心血与付出是巨大的。

只是现在这一刻,孩子们在母亲那里嬉闹着,在温暖的怀抱里笑着。米饭端了上来，乳白的鲫鱼汤飘着鲜美的香味，小炒菜散发着诱人的光泽。那是一种甜蜜而温暖的氛围，他就身在其中，却格格不入。甚至没有人注意到他默默吃完饭，回到卧室的时候，眼角有潮湿的痕迹。

是谁的错？应该怪谁？

他什么都没有去追究。只是在下一次回家的时候，他做了一个小小的改变。门打开的时候，他张开怀抱，微笑着，对所有人说：爸爸回来了。大家都过来，让我抱一下。

真情家园

品味家庭之爱就像是喝汤一样，只有在热的时候去喝，才能体会到汤里浓浓的幸福，而冷了之后却是索然无味。

母亲的鞋架

夜深了,下了整整一天的秋雨还在淅淅沥沥地敲打着楼外的玻璃窗,发出滴滴答答的响声,母亲从我的记忆深处蹑手蹑脚地走出她的小房……

随着职务的提升,不仅工作忙碌,应酬也多了起来,我回家再无规律。妻子渐渐习惯了,我每每回家太晚,她抱怨几句便不再理睬我。一次深夜回家,看到母亲在她的房门口,显然是在等我。我带点责备地说她:"娘,不用惦记我。您这么大年纪了,该多休息。"母亲结巴着说:"娘知道,娘担心你……"

那以后,再没有看到母亲等在房门口。

母亲只有我这么一个儿子,因为父亲早亡,我结婚后,母亲便跟着我和妻子同住。只有小学文化的母亲,牵挂着我爱着我,却最大限度地给我飞翔的自由。

这一天,夜里回到家门口时,屋里传来了清脆的钟声——是大厅墙上老式挂钟报时的声音。抬手看看表,12点。"她们应该都睡了吧。"我想着,轻手轻脚地开门关门,脱鞋进房间……第二天吃早饭时,母亲突然对我说:"你昨天晚上怎么回来那么晚?都12

65

点了吧？这样不好……"我一下愣住了,不知道母亲怎么会这么清楚。我边往母亲的碗里夹菜,一边敷衍着:"娘,我知道了。"此后,每次我回家晚了,第二天母亲总会大概地说出我回家的时间,但不再多说什么。我知道——母亲是在提醒我别回家太晚,提醒我不能对家过于疏淡。而我心头的疑问也越来越大:我每次晚归,母亲是怎么知道的呢?

母亲在她43岁那年,因为一场意外,双眼失明,此后便一直生活在无光的世界。那晚,我又是临近12点才回到家中。因为酒喝得太多,我没有回房间睡觉,悄悄地去了阳台,想吹吹风,清醒一下。站了一会,大厅又传来报时的钟声,12下,清脆而有节奏感,我开始踱回房间。刚到门口,我呆住了,在月光下,母亲正俯身在鞋架前,摸索着鞋架上的一双双鞋——她拿起一双放到鼻子前闻一闻,然后放回去,再拿起另一双……直到闻到我的鞋后,才放好鞋,直起身,转回她的房间。

原来,母亲每天都在等待我的回来,为了不影响我和妻子,她总是凭借鞋架上有没有我的鞋来判断我是否回到家中,总是数着挂钟的钟声来确定时间。而她判断我的鞋子的方法竟然是依靠鼻子闻。我的泪水悄然滑出眼眶。我已经习惯以事业忙碌为借口疏淡了对母亲的关心,但母亲却像从前一样时刻牵挂着我。一万个儿子的心能不能抵得上一位母亲的心呢?

那以后,我努力拒绝一些应酬,总是尽量早回家。因为我知道,家中有母亲在牵挂着我。母亲是63岁时病逝的。她去世后,我依然保持着早回家的习惯。我总感觉,那清朗的月光是母亲留下的目光,每夜都在凝视着我。又是深夜,下了整整一天的秋雨还在淅淅沥沥地敲打着楼外的玻璃窗,发出滴滴答答的响声。母亲从我的记忆深处蹑手蹑脚地走出她的小房,走到鞋架前,弯下腰来……我知道,母亲是在查看鞋子,是在看我回家没有。

真情家园

母亲爱孩子并不是道德,它是更为本能的、更为纯洁的自然的爱。人类最美的东西之一就是母爱,这是无私的爱,道德与之相形见拙。

67

温暖一生的亲情故事

非同一般的橄榄球

那是 1964 年，我还在芝加哥工作。与我同公司的一个家伙得到了一对 1963 年芝加哥出品的纯革制造的美国国家标准橄榄球（这一年美国国家体育学会把芝加哥熊队评为橄榄球历史上最伟大的球队），他打算把这对特殊意义的橄榄球卖个好价钱。当时，我的第一个孩子即将出生。我买下了一个橄榄球，把它作为迎接我的儿子"从医院归家"的礼物，这实在是非同一般的玩意儿。

几年后，小汤姆像所有到处翻箱倒柜的五六岁的小家伙一样，在车库翻箱倒柜的时候碰巧倒腾出了那个橄榄球。他问他能拿着它玩吗。我按照他能理解的意义对他解释说，他还太小，不能郑重其事地玩这个非同一般的橄榄球。在接下来的几个月里，相同内容的交谈我们又进行了几次，不久，这样的请求就日渐势微了。

第二年秋天，看了一场电视橄榄球转播后，汤姆问："爸爸，记得你放在车库里那个橄榄球吗？我现在可以用它和朋友们玩了吗？"

我想了一下，回答道："汤姆，你不明白。你不能跑到外面去把一个 1963 年芝加哥出品的纯革制造的美国国家标准橄榄球随随便便地到处乱扔。我以前对你说过：它是非同一般的。"

终于,汤姆不再提类似的问题了,但他始终在心里惦记着。几年后,他告诉他的弟弟戴维,那个非同一般的 1963 年芝加哥出品的纯革制造的美国国家标准橄榄球就保存在车库的某个地方。一天戴维来找我,问他能拿那个非同一般的橄榄球玩一会儿吗?这在我来说简直是历史重演,但我还是又一次,耐心地解释说,你不能把一个这样珍贵的橄榄球拿到外面去随随便便地到处乱扔。

但现在它已经不再非同一般了。

我独自一人孤零零地站在车库里。孩子们已经离开家很久了。我蓦地意识到这个橄榄球从来就没有非同一般过。只有在孩子们该玩的时候把它玩弄在手掌之间,它才是非同一般的。我错过的,那些宝贵的稍纵即逝的时光永不再回头了,而我只留下了一个橄榄球。这都是为了什么呢?

我把这个橄榄球拿到对街,送给一户有孩子的人家。几个小时后,我从窗户望出去。他们拿着那橄榄球在水泥地上又是扔,又是掷,又是踢,又是扑的。

现在它真正地非同一般了!

真情家园

对于孩子们来说,这个 1963 年芝加哥出品的纯革制造的美国国家标准橄榄球只是一个普通的橄榄球,我把它视做珍宝,但没想到美好的时光也稍纵即逝。

69

温暖一生的亲情故事

伤 痕

那天,我开车穿过故宫附近的隧道,往左拐向大路的时候,看见一辆黄色计程车在我前方的路边停下,一个小女孩由后门下来,然后车子就重新发动离开了。

这原来是很平常的事情,但是,在我的车子已经转过来之后,眼角瞥到的景象却是那个小女孩哭喊着追赶车子,中间还绊倒了一次,又爬起来沿着路边追。那辆黄色计程车却一点也没有反应,继续加速往前开。

我的反应是马上把车子靠到路边停住,那里刚好有一点弯度。我的后面几十步路是那个哭着、喊着,却因为再也见不到原来的车子而只好呆立在路边的女孩。在我前面十几个车身的地方,那辆黄色计程车终于慢了下来,并且也贴着路边停下。

我原不是个爱管闲事的人,但是这样把孩子丢在马路上的事却实在不能不管。我下车就向那孩子走去,短发、瘦小,不过一定有 9 岁或者 10 岁的年龄了,穿着一身杂色的花裙,腿上有着刚才擦破的浅浅的伤痕,正在绝望地大哭着。

我向她轻声说:"小妹妹,别怕,不要哭。"然后试着想拍拍她。

孩子还只是个孩子而已，对一个陌生人的靠近有着本能上的畏惧。她向后退了一步，不肯让我拍到她，却又感觉到我也许是她唯一的希望，所以也不逃开，就站在那里继续哭泣。我也只好站在她旁边等着。

远处那辆车子终于有了动静，车门打开了，一个男人从驾驶座上下来，向我们走近。他一边走，一边狠狠地指着女孩说："这样坏的孩子丢掉算了！"

原来整个事件是父亲在教训他的孩子。年轻而又疲倦的父亲气急败坏地向我解释，说这孩子有偷钱的坏毛病，已经丢过她、吓过她一次了，没想到过了几个月又再犯。

我不知道该怎样把我的意思说清楚。我只好反复地向他说，孩子不听话可以打她、可以骂她，但是不要这样吓她，这样对孩子成长的心会造成伤害。

当然，最后还是把孩子推给她父亲了。然后我才发现，不知道是什么时候那个女孩竟然整个靠近我的怀里，而我也正不自觉地用双臂环拥着她。

男人领着孩子，向我冷淡地点了一下头就转身走了。

远处那辆车子旁边站着的是他的妻子吧，她手中还牵着一个更小的孩子。女孩乖乖地跟随着她父亲，没有再回头看我。但是我好像还能感觉到刚才环抱着她时，从她瘦削的前胸所传出来的剧烈心跳，就如同一只受惊的小兽，那小小的心脏跳动得几乎像要蹦出来一样。

对一个 10 岁左右的孩子来说，这实在是一场极大的惊吓与伤害。可是，那个父亲是那样理直气壮！他认为这一切都是为了他的孩子。而不可否认的，他也真是爱他的孩子。那天，在心里责怪那个男人的

71

温暖一生的亲情故事

同时，我开始害怕起来。

我是不是也曾经有过不完全相同，却又非常相似的理直气壮的经验？是不是也曾经在一些自以为是的时刻里，或轻或重地伤过我自己的孩子？

在我的孩子的心里，是不是也有着我在无意之间刻下却再也无法消除的伤痕？

真情家园

成人的标准和成人的爱，在某一种极端的固执里，竟然可以对孩子构成这样大的伤害，在孩子的心里刻下永远的伤痕。

猎人与母猴

　　1960年,山里饿死了人,公社组织了十几个生产队,围了两个山头,要把这个范围的猴子赶尽杀绝,不为别的,就为了肚子,零星的野猪、麂子已经解决不了问题,饥肠辘辘的山民把目光转向了群体的猴子。两座山的树木几乎全被伐光,最终一千多人将三群猴子围困在一个不大的山包上。猴子的四周没有了树木,被黑压压的人群层层包围,插翅难逃。双方在对峙,那是一场心理的较量。猴群不动声色地在有限的林子里躲藏着,人在四周安营扎寨,时时地敲击响器,大声呐喊,不给猴群以歇息机会。三日以后,猴群已精疲力竭,准备冒死突围,人也做好了准备,开始收网进攻。于是,小小的林子里展开了激战,猴的老弱妇孺向中间靠拢,以求存活;人的老弱妇孺在外围呐喊,造出声势。青壮的进行厮杀,彼此都拼出全部力气浴血奋战,说到底都是为了活命。战斗整整进行了一个白天,黄昏的时候,林子里渐渐平息下来,无数的死猴被收集在一起,各生产队按人头进行分配。

　　那天,有两个老猎人没有参加分配,他们俩为追击一只母猴来到被砍伐后的秃山坡上。母猴怀里紧紧抱着自己的崽,背上背着抢出来的别的猴的崽,匆忙地沿着荒脊的山岭逃窜。两个老猎人拿着猎枪穷追不舍,他们是有经验的猎人,他们知道,抱着两个崽的母猴跑不了多远。于是他们分头包抄,和母猴兜圈子,消耗它的体力。母猴慌不择路,最终爬上了空地上一棵孤零零的小树。这棵树太小了,几乎禁不住猴子的重量,绝对是砍伐者的疏忽,他根本没把它看成一棵"树"。上了"树"的母猴再无路可逃,它绝望地望着追赶到跟前的猎人,更紧地搂住了它的崽。

绝佳的角度,绝佳的时机,两个猎人同时举起了枪。正要扣动扳机,他们看到母猴突然做了一个手势,两人一愣,分散了注意力,就在这犹疑间,只见母猴将背上的、怀中的小崽儿,一同搂在胸前,喂它们吃奶。两个小东西大约是不饿,吃了几口便不吃了。这时,母猴将它们搁在更高的树杈上,自己上上下下摘了许多树叶,将奶水一滴滴挤在叶子上,搁在小猴能够够到的地方。做完了这些事,母猴缓缓地转过身,面对着猎人,用前爪捂住了双眼。

母猴的意思很明确:现在可以开枪了……

母猴的背后映衬着落日的余晖,一片凄艳的晚霞和群山的剪影,两只小猴天真无邪地在树梢上嬉戏,全不知危险近在眼前。

猎人的枪放下了,永远地放下了。

他们不能对母亲开枪。

真情家园

母爱,无论是人类还是动物,都是相同的,都足以令天地动容。动物们的爱,有时是比任何东西都更加神圣,更加不易,更加值得称赞。

世界上最美的泡面

　　他是个单亲爸爸,独自抚养一个 7 岁的小男孩。每当孩子和朋友玩耍受伤回来,他对过世妻子留下的缺憾,便感受尤深,心底不免传来阵阵悲凉的低鸣。这是他留下孩子出差当天发生的事。因为要赶火车,没时间陪孩子吃早餐,他便匆匆离开了家门。一路上担心着孩子有没有吃饭,会不会哭,心老是放不下。即使抵达了出差地点,也不时打电话回家。可孩子总是很懂事地要他不要担心。然而因为心里牵挂不安,便草草处理完事情,踏上归途。回到家时孩子已经熟睡了,他这才松了一口气。旅途上的疲惫,让他全身无力。正准备就寝时,突然大吃一惊:棉被下面,竟然有一碗打翻了的泡面!

　　"这孩子!"他在盛怒之下,朝熟睡中的儿子的屁股,一阵狠打。

　　"为什么这么不乖,惹爸爸生气? 你这样调皮,把棉被弄脏了? 要给谁洗?"这是妻子过世之后,他第一次体罚孩子。

　　"我没有……"孩子抽抽咽咽地辩解着,"我没有调皮,这……这是给爸爸吃的晚餐。"

　　原来孩子为了配合爸爸回家的时间,特地泡了两碗泡面,一碗自己吃,另一碗给爸爸。可是因为怕爸爸那碗面凉掉,所以放进了棉被底下保温。

　　爸爸听了,不发一语地紧紧抱住孩子。看着碗里剩下那一半已经泡涨的泡面:"啊!孩子,这是世上最……最美味的泡面啊!"

真情家园

　　这是世上最美味的泡面,孩子即使再年幼,也有他们的尊严,如果父母发现错怪了孩子,要勇敢向他们说:"对不起!"。

上帝与三个商人

在西方国家流传着这样一个故事：三个商人死后去见上帝，讨论他们在尘世中的功绩。

第一个商人说："尽管我经营的生意几乎破产，但我和我的家人并不在意，我们生活得非常幸福快乐。"上帝听了，给他打了 50 分。

第二个商人说："我很少有时间和家人呆在一起，我只关心我的生意。你看，我死之前，是一个亿万富翁！"上帝听罢默不作声，也给他打了 50 分。

这时，第三个商人开口了："我在尘世时，虽然每天忙着赚钱，但我同时也尽力照顾好我的家人，朋友们很喜欢和我在一起，我们经常在钓鱼或打高尔夫球时，就谈成了一笔生意。活着的时候，人生多么有意思啊！"上帝听他讲完，立刻给他打了 100 分。

罗丹曾说过："生活中不是缺少美，而是缺少发现。"

不会欣赏和享受每日的生活是我们最大的悲哀。现代人总是为了赚钱而无意中预支了"此刻的生活"。想一想吧，早上还没起床时，你就开始担心起床后的寒冷而错失了被子里最后几分钟的温暖；吃早餐的时候你又在想着上班的路上可能会堵车；上班的时候就开始设计下班后怎么打发时间；参加派对又在烦恼着回家路上得花多少时间了；口袋里还有用不完的钞票，却时刻想着如何去赚更多更多的钱……累死在钱字上，不就失去了来到这个世界的真正意义了么?!

真情家园

请学习享受已经拥有的时间、金钱与爱，这是我们最重要的一课……

看不见的爱

夏季的一个傍晚，天色很好。我出去散步，在一片空地上，看见一个 10 岁左右的小男孩和一位妇女。那孩子正用一只做得很粗糙的弹弓打一只立在地上、离他有七八米远的玻璃瓶。

那孩子有时能把弹丸打偏一米，而且忽高忽低。我便站在他身后不远，看他打那瓶子，因为我还没有见过打弹弓这么差的孩子。那位妇女坐在草地上，从一堆石子中捡起一颗，轻轻递到孩子手中，安详地微笑着。那孩子便把石子放在皮套里，打出去，然后再接过一颗。从那妇女的眼神中可以看出，她是那孩子的母亲。

那孩子很认真，屏住气，瞄很久，才打出一弹。但我站在旁边都可以看出他这一弹一定打不中，可是他还在不停地打。

我走上前去，对那母亲说：

"让我教他怎样打好吗？"

男孩停住了，但还是看着瓶子的方向。

他母亲对我笑了一笑。"谢谢，不用！"她顿了一下，望着那孩子，轻轻地说，"他看不见。"

我怔住了。

半晌，我喃喃地说："噢……对不起！但为什么？"

"别的孩子都这么玩儿。"

"呃……"我说，"可是他……怎么能打中呢？"

"我告诉他，总会打中的。"母亲平静地说，"关键是他做了没有。"

我沉默了。

过了很久，那男孩的频率逐渐慢了下来，他已经累了。

他母亲并没有说什么，还是很安详地捡着石子儿，微笑着，只是递的节奏也慢了下来。

我慢慢发现，这孩子打得很有规律，他打一弹，向一边移一点，打一弹，再转点，然后再慢慢移回来。

他只知道大致方向啊！

夜风轻轻袭来，蛐蛐在草丛中轻唱起来，天幕上已有了疏朗的星星。那由皮条发出的"噼啪"声和石子崩在地上的"砰砰"声仍在单调地重复着。对于那孩子来说，黑夜和白天并没有什么区别。

又过了很久，夜色笼罩下来，我已看不清那瓶子的轮廓了。

"看来今天他打不中了。"我想。犹豫了一下，对他们说声"再见"，便转身向回走去。

走出不远，身后传来一声清脆的瓶子的碎裂声。

真情家园

男孩看不见妈妈对他的爱，但却能用心地去感受这份蕴藏着巨大力量的爱。

不准打我哥哥

　　刚上小学的年纪,每到放学,我总喜欢拖着弟弟,偷偷摸摸溜到国小的沙坑玩沙。

　　有一天,在这个有欢笑有汗水的沙堆中,发生了一件令我毕生难忘的事。那是一个比我高一个头的小子,大声嚷嚷的,怪我弟弟侵犯了他的地盘,我站在沙坑外边看着弟弟紧抿着双唇,睁着大眼睛瞪着他,我幸灾乐祸地看调皮捣蛋的弟弟会怎么整他。

　　那个国小二年级的小子看我弟弟不理他,开始有点生气了。他上前一步,二话不说就朝弟弟的胸前用力推了一把,弟弟那瘦小的身躯就像纸扎的,向后跌倒在地上。来不及细想,我就发狠似的冲过去,整个身体朝那小子撞上去,两个人滚倒在沙子堆中。

　　他把我的头朝下压在地上,用拳头猛捶我的身体,然后伸脚往我踹过来,结结实实的打在我的脸上!我被踢得往后滚一两圈才坐起,首先映入眼帘的是弟弟惊恐的表情!我顺手抹一下脸,血!满手掌的血!我呆住了,不知道该怎么办,脑中一片空白。

　　"不准打我哥哥!"

　　我抬起头,看见弟弟站在我的面前,他两只小手张得开开的,成大字形挡在我身前,脸上的泪还没有干,一抽一吸的……

"不准打我哥哥!"他大声的说了第二次。

那个平时供我使唤,调皮捣蛋的小鬼头,我看着他,胸口有种莫名的悸动。不知何时,那个恶狠狠的小子早已离开了。

我站起来去牵弟的手,他站在那不动,我把他拉过来,他紧紧闭着双眼,泪水却从他长长的睫毛涌出。他只是流着泪,却不哭出声,口里喃喃的说:

"不准打我哥哥……"

真情家园

原来有些感情是不必言语而是直接用生命去保护的……

温暖一生的亲情故事

伟 大 的 爱

中国古代,有一位名叫周豫的读书人,有个朋友送了生猛海鲜给这位叫周豫的读书人,正是他最爱吃的鳝鱼,刚巧这一天闲来无事,周豫一时手痒,便想亲自动手,试试自己久未展露的手艺,好好地将这些朋友送来的鳝鱼,煮上一锅清炖鳝鱼汤来尝尝。周豫将鱼放入锅中,只见那些鳝鱼仍自由自在地在锅子里游着,在锅子底下用小火缓缓加热,水温逐渐变高,鳝鱼在锅中丝毫未觉水温的变化,慢慢地就会被煮熟了,这就是周豫过人的厨艺所在。据说,用这方式煮熟的鳝鱼,因为不会经历被杀的过程,没有挣扎,所以它的肉质也就不会紧绷,相对地口感自然好上许多。随着那一锅汤慢慢煮了,周豫将锅盖掀起来看看,却发现了一个奇特的现象,锅中有一条鳝鱼的身体竟然向上弓起,只留头部跟尾巴在煮沸的汤水之中;这条身体弓起的鳝鱼,整个腹部都向上弯了起来,露出在沸汤之外,一直到它死了身体犹然保持弯起的形状而不倒下。

周豫看到这种情形,心中感到十分好奇,便立刻将这条形状奇特的鳝鱼捞出汤中,取了一把刀来,将鳝鱼弯起的腹部剖开来,想要看个清楚,它究竟是为何,需要如此辛苦地将腹部弯起。在剖开的鳝鱼腹中,周豫惊奇地发现,那里面竟藏着满满的鱼卵,数目之多,难以计算。

原来这条母鳝鱼为了保护肚子里的众多鱼卵,情愿将自己的头尾浸入沸汤之中,直至死亡;护子心切而将腹部弯起,得以避开滚热的汤水。周豫看到这一幕,呆呆地不知在原地站了多,泪水不自禁地潜潜流个不停,寻思鳝鱼犹舍命护子,自己对母亲,却仍于孝道有亏;周豫感慨之余,发誓终身不再吃鳝鱼,并对母亲加倍地尊敬与孝顺。

真情家园

生儿育女是人类的天职,亦是人们义不容辞的任务。人类有母爱,动物也有,甚至比起人类的母爱有过之而无不及。

爱 的 位 置

那天下午,公共课老教授给我们讲了一个故事:有个国王有 3 个儿子,他很疼爱他们,但不知该传位给谁。最后他让 3 个儿子回答如何表达对父亲的爱。大儿子说:"我要把父王的功德制成帽子,让全国的百姓天天把你戴在头上歌颂你。"二儿子说:"我要把父亲的功德制成鞋子,让普天之下的百姓离不开你,让他们明白,是你在支撑着他们。"三儿子说:"我只想把你当做普通的父亲永远放在心里,我要用自己的努力回报你的爱。"最后国王把王位传给了三儿子。

教授讲完后问道:"记得父母亲生日的同学请举手。"

举手者寥寥无几。

"寒假里给父母亲洗过脚的同学请举手。"这是他放寒假前布置的一道作业,没有做到的同学将被扣德育分。

几十双手齐刷刷地举了起来,只有坐在最后一排的一位同学没有举手。

"你是不是把我的话当做耳旁风了?"教授有点恼怒。

"我很想给父母亲洗一次脚,可是⋯⋯"

"可是什么,你不要给自己找借口!"教授严厉地说。

"我的父母亲在一次车祸中失去了双脚,我只能给他们洗头……"
空气在那一刻凝固了,教室里静得能听到心跳声……

真情家园

温暖一生的亲情故事

　　爱的位置不在嘴里,不在头上,不在脚下,只在心中,在我
们时刻关爱他人的细小行动中。

震憾心灵的爱

　　男孩与他的妹妹相依为命。父母早逝,她是他唯一的亲人。所以男孩爱妹妹胜过爱自己。然而灾难再一次降临在这两个不幸的孩子身上。妹妹染上重病,需要输血。但医院的血液太昂贵,男孩没有钱支付任何费用,尽管医院已免去了手术费,但不输血妹妹仍会死去。

　　作为妹妹唯一的亲人,男孩的血型和妹妹相符。医生问男孩是否勇敢,是否有勇气承受抽血时的疼痛。男孩开始犹豫,10 岁的大脑经过一番思考,终于点了点头。

　　抽血时,男孩安静地不发出一丝声响,只是向着邻床上的妹妹微笑。抽血完毕后,男孩声音颤抖地问:"医生,我还能活多长时间?"

　　医生正想笑男孩的无知,但转念间又被男孩的勇敢震撼了:在男孩 10 岁的大脑中,他认为输血会失去生命,但他仍然肯输血给妹妹。在那一瞬间,男孩所作出的决定是付出了一生的勇敢,并下定了死亡的决心。

　　医生的手心渗出汗,他紧握着男孩的手说:"放心吧,你不会死的。输血不会丢掉生命。"

　　男孩眼中放出了光彩:"真的?那我还能活多少年?"

87

医生微笑着，充满爱心地说："你能活到 100 岁，小伙子，你很健康！"男孩高兴得又蹦又跳。他确认自己真的没事时，就又挽起胳膊——刚才被抽血的胳膊，昂起头，郑重其事地对医生说："那就把我的血抽一半给妹妹吧，我们两个每人活 50 年！"

所有的人都震惊了，这不是孩子无心的承诺，这是人类最无私最纯真的诺言。

真情家园

爱就是在亲人最需要你的时候，能够无条件地付出，甚至于舍弃自己的一切。

温暖一生的亲情故事

母亲的牵挂

大学毕业,他被分配到离家乡100公里以外的城市。父亲早逝,身为长子,每个月他都雷打不动地回老家看望母亲。

返乡的车票是用质地较厚的彩色胶纸印刷的,每次,母亲都对他说:"孩子,你的车票挺好看的,送给我吧!"他笑一笑,就把车票送给母亲,晚上他就睡在母亲的土炕上。后来,母亲就开始随便地翻他的衣袋,只留下那张车票。

后来,他恋爱,结婚,生子,开始每两个月回一次家。

在后来,他担任单位领导,更忙了,有时甚至半年才回一次家。尤其是他有了专车,没必要再坐长途汽车,他开始适应不了长途车的颠簸。母亲慢慢地也就不再向他索要车票了。

10年过去了,他已是市里的一位市长。有一天晚上电话响了,老家的弟弟来了长途,说母亲突患脑溢血,生命垂危。

100公里对他来说是短途,一个多小时以后,他便见到母亲。这时,他突然发现母亲已是白发苍颜,衰老憔悴。天亮时母亲就去世了。

他带领兄弟姐妹们,安葬了母亲。

整顿母亲的遗物时,他从那只祖传的樟木箱子里翻出了一本中学课本，那是昔日母亲用来塞鞋样的。他翻开来，啊，书内竟整齐地夹着一叠车票——他当年每次返乡看望母亲时留下的车票。

他的泪水又一次地涌出，他后悔，为什么母亲健在的时候不多回几次家，他还突然想起，这么多年来，母亲还从未到过他的四室二厅里住过一夜。

回城市时，他只携了那一叠花花绿绿的车票。

他常常把车票的故事讲给父母尚在的朋友们，极力使他们意识到父母对子女有一种深深的牵挂。他说，多回家看望几次老人吧，哪怕只停留片刻，否则，也许你也会有深深的懊悔的那一刻。

真情家园

母亲把所有的牵挂寄托在一张张的车票中，深深地珍藏着对儿子的爱，母爱就是在这样平凡的细节中体现她的伟大。

一碗馄饨

那天,她跟妈妈又吵架了,一气之下,她转身向外跑去。

她走了很长时间,看到前面有个面摊,香喷喷热腾腾,她这才感觉到肚子饿了。可是,她摸遍了身上的口袋,连一个硬币也没有。

面摊的主人是一个看上去很和蔼的老婆婆,看到她站在那边,就问:"孩子,你是不是要吃面?"

"可是,可是我忘了带钱。"她有些不好意思地回答。

"没关系,我请你吃。"

很快,老婆婆端来一碗馄饨和一碟小菜。她满怀感激,刚吃了几口,眼泪忽然就掉下来,纷纷落在碗里。

"你怎么了?"老婆婆关切地问。

"我没事,我只是很感激!"她忙擦着泪水,对面摊主人说,"我们又不认识,而你就对我这么好,愿意煮馄饨给我吃。可是我自己的妈妈,我跟她吵架,她竟然把我赶出来,还叫我不要回去!"

老婆婆听了,平静地说道:"孩子,你怎么会这么想呢?你想想看,我只不过煮一碗馄饨给你吃,你就这么感激我,那你自己的妈妈煮了十多年的饭给你吃,你怎么不会感激她呢?你怎么还要跟她吵架?"

女孩愣住了。

女孩匆匆吃完馄饨，开始往家里走去。当她走到家附近时，一下就看到疲惫不堪的母亲，正在路口四处张望。这时，她的眼泪又开始掉了下来。

真情家园

有时候，我们会对别人给予的小恩小惠"感激不尽"，对亲人一辈子的恩情却"视而不见"。

再奏一次那首母亲的曲子吧

笨重的大提琴盒子，看起来像个棺材，我提着琴向洛杉矶中央少年感化院礼堂走去时，真是万众瞩目。

珍妮·哈里斯修女负责安排义工活动，把我抓来为少年犯表演。那些少年犯是一群所谓的"高危犯"，即非常危险的囚犯，不是被控谋杀就是持械行凶，正等候审讯。哈里斯修女不知怎的知道我闲时喜欢奏大提琴，于是邀我表演。

我请她收回成命，告诉她我上一次为一伙小孩子演奏大提琴的经验。那是一个生日派对，寿星小子踢了我的大提琴一脚，还当众说大提琴无聊。我说："修女，你参加过有古典音乐演奏的学生集会吗？场面往往令人难堪。"哈里斯修女却微笑着回答说："这里的孩子从来不会那样没规矩。"

我越过迷宫似的铁丝网围墙，来到一座屋顶有个十字架的房子前，大声向一个拿着写字夹板和对讲机的人说明来意，他翻了翻秩序表，找到我的名字："下一位到你出场。"

他领我进了神父办公室。我从盒子里取出大提琴，先试奏一次。他说："听到我们叫你，从那扇门走出去，就是台上了。"

他走后，我决定开一丝门缝，瞧瞧里面的情景：我只是好奇，想知道我之前的演出者表演些什么。那是街舞音乐,台下的少年犯观众随着节奏一面摇摆一面拍掌。表演者是个迷人的年轻女子,穿着紧身牛仔裤和露出肚脐的衬衣。她没有唱歌,但从她摇铃鼓的样子,可知她受的训练有限,但台下的男性观众如痴如醉,眼中只有这位佳人。

我关上门,颓然地坐在椅子上。背后有人问:"打扰你吗?"

原来是哈里斯修女。

我对她说:"我不觉得我出去表演是个好主意。他们兴奋得手舞足蹈,不过是因为那个穿比基尼的女孩,才不管你什么音乐!看到我出场,他们会多沮丧,你可以想象吗?"

修女问:"有穿比基尼的女孩吗?"

"也差不多了。他们不会喜欢我的。"

她鼓励我说:"来点信心吧。"

2时整,扩音器突然关掉,乐队离场。大多数音乐会表演结束,观众都会欢呼,要求再来一曲。这里很不同,观众安静地坐着,好像完全没有开心的样子。

一个戴假发的男人懒洋洋地走上台,看着手上的写字夹板大声读出:"现在请索兹门先生演奏大提琴。"

礼堂一片静寂,我心慌意乱,看不到门口的台阶,绊了一下,差点跌个滚地葫芦。幸好我眼疾手快,把大提琴当作滑雪竿,琴脚在台上一顿,打个旋转,面朝观众。我可没有存心像小丑般出场,但台下的少年犯哈哈大笑,纷纷鼓掌。

为了拖延时间,我向观众介绍我的大提琴,差不多把每个部分都讲解了。我告诉他们,除了金属的琴弦和琴脚,其他各部分都曾经是有生命的东西:琴面是杉木,虎斑纹的琴背是枫木,指板是乌

温暖一生的亲情故事

木,弓是蛇纹木,弓弦是马尾毛,那一片片象牙,则是冰封苔原里几十万年的毛象牙齿。我说,我们奏这件乐器的时候,能叫这些东西都复活过来。

说到这里,我再没有什么大提琴的话题好讲下去了,于是对那些男孩说,我奏的第一首乐曲是圣桑的《天鹅》,还说这首乐曲常常使我想起母亲。

我开始演奏。礼堂天花板很高,四壁冷清,地板又硬,回音效果就和一个巨大淋浴间相似。琴声在礼堂内荡漾,有如天籁,我奏得沉醉,但台下却传来声音,我一下子返回现实。一如我所料,这些孩子在发闷。

声音越来越大,那可不像坐立不安或者交头接耳的声音。我向台下瞄了一眼,发现礼堂里的男孩都泪流满脸!我听到的是抽噎声和揩鼻子声,在任何一个音乐家听来,这都是悦耳的声音。

余下的乐章我奏得更加起劲,是我一生中奏得最好的一次。乐曲奏完,全场掌声雷动。对一个平庸的大提琴手来说,真是梦想成真!

接着我奏了巴哈组曲的一首西班牙萨拉班德舞曲,那些男孩再次向我鼓掌,有人喊道:"再奏一次那首母亲的曲子吧。"大家都轰动欢呼。于是,我再奏了一次《天鹅》,又奏了一些巴哈乐曲,接着第三次奏《天鹅》。

那个戴假发的男人向我示意演奏完毕时,满堂囚犯报以欢呼声和再一次的热烈鼓掌。我体会到,使他们深受感动的,不只是音乐,还有对亲人的惦念。

真情家园

人可以是无私的,最起码在亲情的催化引导之下,再恶的人也会有非常慈眉善目的一面。这是人性伟大的一面。

"头朝下"的逃生者

这是今年冬天发生在我们小县城的一件真实的事情。

一天早晨,城西老街一幢居民楼起了火。这房子建于上世纪 40 年代,砖木结构,木楼梯、木门窗、木地板,一烧就着。顷刻间三家连四户,整幢楼都葬身火海。

居民们纷纷往外逃命,才逃出一半人时,木质楼梯就"轰"地一声被烧塌了。楼上还有九个居民没来得及逃出来。下楼的通道没有了,在烈火和浓烟的淫威下,这些人只有跑向这幢楼的最顶层四楼。这也是目前唯一没被大火烧着的地方。

九个人挤在四楼的护栏边向下呼救。消防队赶来了。但让消防队员束手无策的是,这片老住宅区巷子太窄小,消防车和云梯车都开不进来。灭火工作一时受阻。

眼看大火一点一点地向四楼蔓延,消防队长当机立断:先救出被困的居民!没有云梯车,他只有命令消防队员带着绳子攀壁上楼,打算让他们用绳子将被困的人一个一个地吊下来。

两个消防队员遵命向楼上攀爬,但才爬到二楼,他俩藉以攀抓的木椽烧断了,两个人双双掉了下来。没有了木椽,就没有了附着点,徒手是很难爬上去的。而就在这时,底层用以支撑整幢楼的粗木柱被烧得"咯吱咯吱"响,只要木柱一断,整幢楼就有倾塌的危险。

什么样的救援都来不及了,现在被困的人,唯一能做的,就是自己救自己了。

没有时间去准备,消防队长只有随手抓过逃出来的一个居民披在身上的旧毛毯,摊开,让手下几个人拉着,然后大声地冲楼上喊:"跳!一个一个地往下跳,往毛毯上跳!背部着地!"为了安全起见,他亲自示范,做着类似于背跃式跳高的动作。只有背部着地,才是最安全的,而且毛毯太旧,背部着地受力面大些,毛毯才不容易被撞破。

站在四楼护栏最前面的,是一个穿着大衣的妇女。无论队长怎么喊叫,她就是不敢跳,一直犹豫着。她不跳,就挡住了后面的人没法跳,而每耽搁一秒,危险就增大一分,楼下的人急得直跺脚,只得冲楼上喊:"你不敢跳就先让别人跳,看看别人是怎么跳的。"

那妇女让开了。一个男人来到了护栏边,在众人的鼓励下,他跳了下来,动作没有队长示范的那么规范,但总算是屁股着地,落在毛毯上,毫发无伤。队长再次示范,提醒大家跳的方式。接着,第二个人跳下来了,动作规范了许多,安全!第三个,第四个……第八个,都跳下来了,动作一个比一个到位,都是背部着地,落在毛毯上,什么事也没有。

楼上只剩下一个人了,就是那个穿大衣的女人,可她仍在犹豫。楼下的人快急疯了,拼命地催促她。终于,她下定了决心,跨过护栏,弯下腰来,头朝下,摆了个跳水运动员跳水的姿势。

队长吓了一跳,这样跳下来还有命在?他吼了起来:"背朝下!"但那女人毫不理会,头朝下,笔直地坠了下来。所有人的心都提到了嗓子眼,只见她像一发炮弹笔直地撞向毯子,由于受力面太小的缘故,毯子不堪撞击,"嗤"地一声破了,她的头穿过毯子,撞到了地面上。

"怎么这么笨啊? 前面有那么多人跳了,你学也应该学会了嘛!"队长慌忙奔了过去,他看到,那女人头上鲜血淋漓,已是气息奄奄。女人的脸上却露出了苍白的一点笑意,她抚了抚自己的肚子,有气无力地说:"我只有这样跳,才不会……伤到我的……孩子。"

队长这才看到,这女人,是个孕妇。

女人断断续续地说:"如果我不行了,让医生取出我肚子里的……孩子,已经……九个月了……我没……伤着他,能活……"所有的人顿时肃然动容,人们这才明白,这女人为什么犹豫,为什么选择这么笨的跳下方式。她犹豫,是因为,她不知道怎样跳,才不会伤到孩子。选择头朝下的方式跳下来,对她来说,最危险,而对她肚子里的孩子来说,最安全!

真情家园

98

把最危险的留给自己,把最安全的交给孩子,这就是天底下的母亲时刻在做或者准备做的选择。

选择拯救

　　男孩自小便是问题少年，在家父亲打，在校老师罚。

　　父亲时常用"肉蒲扇"扇他嘴巴，左右开弓，直打得他鼻血飞溅，脸肿得像馒头，才罢手。母亲也不管，只是悄悄流泪。但第二天，他照样该怎么着还是怎么着。

　　有一次，父亲盛怒之下将他抡起来，扔了出去，他闪避不及，头撞在了天花板上，也是从那次起，他落下了流鼻血的毛病。他由此发现了一个有趣的现象：只要轻轻一敲打鼻梁，鼻血就像得到指令似的，狂奔而出。从此，每当老师罚他，他就会趁老师不注意，轻叩鼻梁，老师一看他流鼻血，就慌了神，马上不罚了。

　　每当父亲打他的时候，他也如法炮制，体罚每次都是见血即止，他屡试不爽，从此学会了欺骗。

　　当体罚成为家常便饭，体罚便一点用处也没有了。他变本加厉，常常极为熟练地掏父母挂在衣架上的衣服口袋里的钱，几十块到几百块，他连眼都不眨。他学会了偷。

　　直到有一天，他因父亲的一句话而改变。那天，父亲出远门，下了车站到家还得坐一趟公车。为了省两元钱，父亲步行几十里走了

温暖一生的亲情故事

回来。

父亲一进门，累垮一般，一边躺下，一边对母亲说："为了心疼两块钱，我步行回来的。"他已成惯偷，又忍不住把手伸进爸爸挂在墙上的外套口袋。但翻来翻去，只翻出两张一元的纸币。那纸币已揉得快烂了，黑黑的，很脏。

平时，他偷了钱喜欢去玩网络游戏，或买爆米花什么的。但那天，他在街上逛了好几圈，始终不忍心将那两元钱花出去。

"为了心疼两块钱，我步行回来的。"父亲的话不断在他脑际回响，触动了他心中最柔软的一处，父亲的不易，自己的可耻。他第一次为自己的行为产生了不安、内疚和痛苦。最后他像逃跑一样地跑回家，将手心中碳块般的两元钱重新放进父亲的衣袋里。

后来，他一次又一次地将偷来的钱重新放回到父母的口袋中。反复几次后，他终于找回了内心善良的自己，再也没有将手伸到任何不该到达的地方。

男孩后来虽然没能飞黄腾达，但一直做着中规中矩的一介良民，而他的改变，不是源自什么拳棒的领教，而仅仅是源自两元钱的教育！

真情家园

教育的最高境界本应是"春风化雨，润物无声"。因为，柔软胜于坚硬，和风细雨的言传身教往往比暴风骤雨的拳头棍棒更加奏效；拯救高于惩罚，拯救一个人的灵魂永远比制裁一个人的肉体要高明得多。

我父亲的儿子

作个宇航员的儿子真难。每个人都期望你与众不同,完美无缺。可我只是个普通的 11 岁少年,一个普通的学生,说到打篮球、玩橄榄球、踢足球、打棒球等我也很一般。

我经常想,爸爸怎么会有我这样一个儿子?他是那样出众,做一切事情都十分内行。在高中,他是橄榄球队的队长,班长,还是学报编辑。

说实话,我确实也有一点儿无人知道的才能——我写诗,写短篇小说。我把它们写在红色笔记本上,放在书桌下层的抽屉中。

我一直梦想做点儿惊人的事,诸如从起火的房子里救出一个小孩,或者把抢老太太钱的强盗赶走,给爸爸留下印象,让他为我感到骄傲。而现在,我又梦想成为一个著名作家。

一天上午,我又在上课时白日做梦(我经常如此)。我正梦想成为某种英雄,比如找到速效治癌药,或者治疗精神病的药。这时,听到英语老师宣布,学校将开展父亲节作文比赛。

"我希望在我的英语班里有一个优胜者,"她说,"家长与教师协会捐款设了三种现金奖,一等奖 100 美元,二等奖 50 美元,三等奖 25

美元。"

放学后,我想着要写的作文往家走。"我父亲是个宇航员",我将这样起头,不,我决定不写这个。全国甚至可能全世界都把我父亲看作一个宇航员,但我看到的他不是那样。

到家后,我很快吻了妈妈,然后上楼到我的房间,拿着一支笔和一叠纸坐下,开始考虑我将写什么。

我看见的父亲是怎样的呢?

我看见他在黑暗中坐在我身旁——当我是个小孩而且做了噩梦时;

我看见他教我怎样使用橄榄球棒和怎样扔球;

我记得,当我的狗被汽车撞死时,他怎样抱着我几个小时;

我还记得,在我 8 岁生日晚会上,他怎样用另一条小狗使我大吃一惊;我哭的时候,他告诉所有孩子,我有很厉害的过敏症。"每年这个时候,戴维的过敏症把他折磨得很难受。"父亲说。

我还记得,祖父鲍勃死时,他怎样坐着,试图对我解释"死"是怎么回事。

关于父亲,我要写的是这些事情。对我来说,他不只是个世界闻名的宇航员,他是我的父亲。

我将所有这些记忆写入作文,第二天交了上去。得知星期四晚上将在礼堂里宣读获奖作文,所有家长和学生都被邀请,我很惊讶。

星期四晚上,我和父母亲去学校。我们的一个邻居说:"我敢说,你将获胜,戴维。我相信你写的像一个宇航员的儿子,你是城里唯一能写这个的人。"

我父亲看看我。我耸耸肩,我未曾给他看过这篇作文,而且现在我几乎希望自己不会获胜。我不愿意只是由于父亲是个宇航员而获胜。

宣布了三等奖,不是我。我既松了口气,又感到失望。埃伦·戈顿获得三等奖,朗读了她的作文,埃伦·戈顿是个养女,她写的是"比生父还好的"爸爸。她读完时,我听到听众发出吸气和擤鼻涕的声音。我母亲吸着气,我父亲清清喉咙。

接着宣布二等奖,是我。

我走上台,腿在发抖,读着作文,不知是否自己的声音也在颤抖。站在所有那些人前面使我害怕。我给自己的作文起的题目是《我父亲的儿子》。我边读边看父母亲。读完后,听众们鼓起掌来。我看见父亲正擤着鼻涕,妈妈的脸上满是泪水。

我走回自己的座位。

"我看见你也得了过敏症,爸爸。"我试图开玩笑。

父亲点点头,清清喉咙,把手搭在我的肩上。"儿子,这是我一生中最值得骄傲的时刻。"

103

真情家园

"我"的父亲是一名宇航员,但是对于"我"来说,他只是一个普普通通的父亲,一个给"我"伟大父爱的父亲。

流泪的肖像画

画师初出道时,一文不名。整天画呀,画呀,画得成堆的宣纸在墙角发霉。

日子便过得很艰难。

妻子对他说:"何不去市中心办个画展?"

画师的心动了动。

画师一无所有,却欣慰有一位美丽贤惠的妻子。

画师说:"一个无名的画师,办画展会成功吗?"

妻子说:"没试试怎么会知道呢?"

两天后,妻子让画师画了一幅她的肖像。妻子说,"不要画眼睛。"

画师不解其意。没眼睛的肖像画算什么呢?

画展在妻子的帮助下布置妥当了。那幅身高体胖跟妻子一模一样的肖像画就放置在展览厅的一角。参展这天,来了很多很多人,画师还在狐疑,没有眼睛的肖像画会不会令所有的来宾笑掉大牙呢?

寻找妻子,妻子却已不见。

画展办得并不是很成功。其实那无非一幅幅平庸之作,缺少灵气。但来宾们还是在大厅一角那幅少妇肖像画前驻足了。

"好!"禁不住传过一阵阵喝彩声。

一幅没眼睛的画有啥好呀? 看来这帮家伙不懂艺术! 画师忿忿不平地想,无精打采地挤上前去。

画师不禁呆了呆。

这哪里是一幅没有眼睛的肖像画呀? 整个画面线条优美、色彩逼真,特别是那一双清澈、明亮、凝重、隽永的水汪汪的眼睛,简直就跟真人一样,飞来的神笔!

画展成功了,画师获得了极大的荣誉。只是暗暗揣摩没眼睛的肖像画咋会有了任何绝妙丹青高手也画不出的那种眼睛呢?

但画师已没闲心去细究这些细枝末节了。有好多画坛盛会等候他去参加哩。

一年后,画师已成了画家。成了画家的画师拿出了一纸离婚协议书。

妻子握笔的手很平静。

妻子说:"从搞画展的那一天起,我便知道这一天迟早会来临。"

两人分居了,约好一月后上法庭。

没想到画师初生牛犊,大肆诽谤一位画坛泰斗而陷入一场危机。画坛各种谣言一齐向他泼来:心胸狭窄、眼光势利、目中无人……更让人气愤的竟有人说,什么画家呀,三流画师都不如哩!

画师的画开始无人问津。

画师重陷窘困之中,日日烦闷,开始与烈酒为伴。

有一天,妻子来了。

妻子平静地说:"有什么呢? 大不了重新来过。"

妻子又说:"再去参加一个画展。还是画我的肖像,依然不要画眼睛。"

画展这天,因为画师的名声,参观者寥寥无几。但是这一天,却给寥寥无几的参观者留下震撼人心的印象。

他们驻足在肖像画前,如痴如狂。那是一幅美艳绝伦的少妇画像,少妇的面容美丽、善良,挂一丝淡淡的忧伤……突然间,那清澈明丽的眼睛里竟有一滴滴泪珠滴落,一滴滴,一滴滴,顺画布缓缓流淌……

"看哪,画中人流泪了!"所有参观者无不震撼。

所有参观者都离去了,画师仍呆站着。空荡荡的展览厅仅剩下他一人。忽地,他冲上前去,掀开了画布。

画布后,呆站着妻子。

真情家园

人真的在什么时候都不会孤单的,因为总有一双手在背后支撑着我们,总有一双耳朵在聆听着我们的喜怒哀乐,这就是我们的家人。